Inge Schober

Zweisamkeiten
Roman

Bibliografische Information der Deutschen Nationalbibliothek:
Die Deutsche Nationalbibliothek verzeichnet diese Publikation in der Deutschen Nationalbibliografie; detaillierte bibliografische Daten sind im Internet über http://dnb.dnb.de abrufbar.

© 2016 Inge Schober

Umschlaggestaltung: Trang Le

Herstellung und Verlag: BoD – Books on Demand, Norderstedt

ISBN: 978-3-7412-0761-7

I

"Du brauchst einen Mann", sagte Marc zu seiner Schwester Maja, die es sich auf dem Sofa bequem gemacht hatte, „dann bleibst du vielleicht verschont von dieser ständigen Anmacherei." Sie hatte sich wieder einmal über einen Liebhaber beschwert, der, kaum war er in ihrem Bett, sie wie zufällig nach dem Konzern ihres Vaters fragte.

Er betrachtete sie nachdenklich, wie sie so dasaß, eine zierliche Gestalt, den Blick auf das Glas gerichtet, das sie in der Hand hielt, lange Wimpern verdeckten die dunklen, glänzenden Pupillen. Er widerstand dem Drang, sie in den Arm zu nehmen, wandte sich ab, „an der Uni gibt es doch genug Männer", bemerkte er mit einem leicht ironischem Unterton.

„Meine Fächer sind eine Fundgrube für Männer, 80% weiblich", Maja schnippte verächtlich mit den Fingern, „du solltest die wenigen männlichen Studenten einmal sehen, sie laufen wie abwesend, wie vergeistigt herum, nichts für mich, ich brauche Handfesteres."

Belustigt schüttelte er den Kopf, „Juristen kenne ich zur Genüge, unter denen suchst du besser nicht, die haben wirklich nur ihre Karriere im Kopf, vielleicht bei den Wirtschaftlern? Ein solcher

Schwiegersohn würde auch Papa gefallen."

Maja seufzte, veränderte ein wenig ihre Lage, „diese Hochzeit in drei Wochen wird wieder so eine Art Schaulaufen, alle Singles, vor allem die Männer positionieren sich, plustern sich auf, schleichen herum, wie Katzen um die Maus."

„Die Vielumschwärmten beben vor Zorn, ob des ungebührlichen Betragens", zitierte Marc spöttisch.

„Und Maman hat auch nichts zu lachen, sie ist ständig diesen indiskreten Fragen ausgesetzt, wen und wann ich denn endlich heirate. Du bist fein heraus, wie hast du es nur geschafft, solche Gerüchte zu streuen, zukünftiger Galerist, da ist nicht viel Geld drin, wahrscheinlich ein Homo, also kein Heiratskandidat."

Marc lachte, „Papa setzt seine ganze Hoffnung auf dich, er will wenigstens einen ordentlichen Schwiegersohn im Konzern, wenn er schon mit mir nicht rechnen kann. Ich habe meine Ruhe, wenn ich eine Frau fände wie dich, würde ich sie sofort heiraten! Übrigens als Kunsthändler kannst du sehr viel Geld verdienen, das weiß nur keiner. Denk an Onkel Jean." Marc stand auf, „viel Glück Schwesterchen, ich muss arbeiten."

Maja tauchte nun öfters in den Vorlesungen auf, schlenderte durch alle Bibliotheken, aß mit Widerwillen in der Mensa, setzte sich in das Uni-Café und beobachtete das Verhalten der männlichen Spezies. Sie hielt mit einigem Erfolg in den

Seminaren ihre Pflichtreferate, die sie sich hatte schreiben lassen, und wartete.

Eines Tages, kaum zu glauben, saß doch in der Seminarbibliothek des französischen Instituts ein Mann am Fenster. Dem Rücken nach zu schließen handelte es sich um einen sportlichen, großen, dunklen Typ. Es gab keine Möglichkeit ihn von vorne zu betrachten, ohne unangenehm aufzufallen, deshalb setzte sie sich in seine Nähe, nahm willkürlich einige Bücher aus dem Regal, irgendwann musste er ja aufstehen. Tatsächlich, nach einer Weile brachte er Bücher zurück, packte seine Sachen zusammen und ging zur Aufsicht. Maja beobachtete staunend diesen jungen, gutaussehenden Mann, hatte er sich hierher verirrt? Sie stand schnell auf, nahm eines der Bücher und stellte sich neben ihn.

Die weibliche Seminaraufsicht himmelte ihn an, zog das Abstempeln seiner Seminarkarte in die Länge.

„Entschuldigung, ich habe eine Bitte", Maja handelte sich einen bitterbösen Blick der Aufsichtskraft ein.

„Ich habe meine Bibliothekskarte vergessen, könnte ich ausnahmsweise dieses Buch ausleihen? Ich brauche es für mein Referat."

„Nein", wurde sie angeschnauzt, „das geht überhaupt nicht."

Das Seminarfräulein hätte Maja am liebsten zur Hölle fahren lassen, diese unverschämte Person, wie kam sie dazu, ihren Flirtversuch mit dem einzigen Mann weit und breit derartig brutal zu unterbrechen?

„Auch nicht, wenn ich Ihnen meinen Führerschein als Pfand dalasse?"

Maja gab ihrer Stimme einen schmeichelnden Beiklang, bog sich etwas in Richtung des jungen Mannes. Er musste sie bemerken.

„Nein, nur die Bibliothekskarte geht", sagte die weibliche Aufsicht genervt.

Peter betrachtete interessiert diese junge Frau neben sich, halblange schwarze Haare umrahmten ein fast klassisches Gesicht, Schneewittchentyp, dachte er.

Maja wechselte auf einen verzweifelten Ton: „Aber ich brauche das Buch wirklich dringend, sonst wird mein Referat nicht rechtzeitig fertig."

„Wie oft soll ichs noch wiederholen, lesen Sie es hier."

Peter amüsierte sich, ein kleiner Zickenkrieg?

Er wandte sich an Maja: „Und wenn ich für Sie das Buch ausleihe und Sie bringen es später auf meinen Namen wieder zurück?"

„Das geht schon gleich gar nicht!"

„Oh doch, das geht", charmant lächelte er die Hilfskraft an und gab ihr wieder seinen Ausweis.

„Das würden Sie wirklich für mich tun?" Maja warf ihm einen strahlenden Blick zu, legte ihre ganze Dankbarkeit hinein.

Im Augenblick trug sie flache Sandalen, mit

High Heels würde sie ihm bis zu diesem sinnlichen Mund reichen, eine ideale Größe.

Peter griff entschlossen nach dem Buch, besah sich den Titel, was will sie mit diesem alten Schinken, vorsintflutlich, in welchem Seminar wird das denn verlangt. Er reichte es der Hilfskraft, die es ihm zornig aus der Hand riss, sichtlich wütend alles stempelte.

Maja bedankte sich, mehr Liebreiz war nicht möglich, nahm das Buch vom Tisch, sie hatte keine Ahnung, was sie da gerade ausgeliehen hatte und verließ mit Peter im Schlepp die Bibliothek.

„Darf ich Sie zu einer Tasse Kaffee einladen, ich bin Ihnen ja so verpflichtet." Peter wollte eigentlich nach Hause, kurz etwas essen und dann weiter sich vorbereiten, in vier Wochen war das schriftliche Staatsexamen.

Er war im Verzug, in den letzten Monaten hatte er die Vorbereitung sträflich vernachlässigt, wegen Uschi, einer Frau, die ihm dann doch seinen besten Freund Philipp, einen Medizinstudenten, vorzog, er musste jetzt arbeiten.

Er hatte sich geschworen, Weiber, Beziehungen aller Art vorerst zu vergessen.

Aber der Verlockung, die jetzt vor ihm stand, konnte er kaum widerstehen.

Na ja, ein Tässchen Kaffee bedeutete noch nichts.

Maja zupfte ihn sanft am Ärmel: „Hinter der Uni gibt es ein kleines Café, ganz gemütlich."

„Eigentlich habe ich überhaupt keine Zeit", er zögerte, „höchstens ein halbes Stündchen, aber schließlich muss ich ja auch Ihren Namen wissen, wegen der Karte."

Maja lächelte, gewonnen. Sie setzten sich ans Fenster, Maja bestellte Kaffee und „zwei Ihrer köstlichen Schokoladestückchen", sagte sie zur Bedienung.

„Peter Torleit", stellte er sich vor.

„Studenten duzen sich eigentlich", sagte Maja und hielt ihm die Hand hin, „Maja, Maja Selters."

Sie betrachtete ihn aufmerksam, keine Spur von Erkennen war in seinem Gesicht zu lesen, der Name des väterlichen Konzerns, gleichzeitig ihr Familienname, sagte ihm nichts. Gut so!

Sie unterhielten sich prächtig, Peter erzählte von seinem Examen, Deutsch, Französisch, Englisch für das Lehramt, Maja ließ das Buch in ihrer Tasche verschwinden und erfand eine Geschichte, in der weder der Titel des Seminars noch der Name des Professors vorkam. Aus der halben Stunde wurden zwei.

Peter ging beschwingt nach Hause, er würde eine Nachtschicht einlegen müssen. Maja hatte ihm ein weiteres Rendezvous abgeluchst, am Samstagabend in einer Schwabinger Kneipe, „du kannst doch nicht immer nur arbeiten, du brauchst eine kleine Pause, sonst nimmt der Kopf nichts mehr auf!" Am Ende des Abends hatten sie einen Deal ausgehandelt, bis zum Examen alle fünf Tage ein

Treffen, danach jeden Tag.

An einem dieser Treffen kam auch Marc „zufällig" vorbei. Er war neugierig geworden, denn dieses Mal gab es keine genervten Untertöne in Majas Berichten über ihre neueste Eroberung.

Peter sehnte das Examen herbei, arbeitete Tag und Nacht und schnitt glänzend ab, vergessen waren Uschi und Philipp, sie vertrugen sich wieder und blieben Freunde.

„Wie findest du ihn?" Maja sah ihren Bruder erwartungsvoll an, „ich bin ja sowas von verliebt."

„Er auch", sagte Marc trocken, „er hat nur noch Augen für dich, doch, er macht einen sehr guten Eindruck, intelligent, schlagfertig, charmant, gute Manieren, er könnte auch mein Typ sein, für Maman der ideale Schwiegersohn, für Papa wohl weniger, das falsche Studium."

„Das wird sich zeigen", widersprach Maja, „er ist in jeder Beziehung einzigartig."

„Auch im Bett?", fragte Marc.

„Na ja, ich werde ihm noch einiges beibringen, ich hatte ja einen guten Lehrmeister!", sie lächelte.

„Das erzählst du ihm besser nicht", sagte Marc ernst.

„Nein", Maja barg ihr Gesicht an seiner Schulter, „nein".

II

Susanne schob am Tresen der Mensa langsam ihr Tablett weiter. Vor ihr stand ein blonder junger Mann, krauses Haar, Lederjacke, etwas größer als sie. Plötzlich bekam ihr Tablett einen Schubs, der Becher mit Mineralwasser kippte und ergoss sich über die Hose ihres Vordermannes. Er drehte sich abrupt um, blickte Susanne zornig an, deutete auf seine nasse Hose, „was soll das denn?"

Der junge Mann hinter ihr sagte lachend: „Sie kann nichts dafür, ich habe mein Tablett zu leidenschaftlich auf ihres geschoben."

Er reichte ihm einige Papierservietten, „tut mir leid, aber Wasser schadet nicht."

Der junge Mann vor ihr riss ihm das Papier ungnädig aus der Hand und murmelte „Idiot".

Susanne stand stumm zwischen den beiden, ihr Hintermann, der sie deutlich überragte, eine längere dunkle Haarpracht, stellte schwungvoll einen neuen Becher auf ihr Tablett, „schade um das schöne Wasser", ein spitzbübisches Lächeln saß in den Winkeln seiner braunen Augen, Drei-Tage-Bart, Susanne sah zu ihm auf, zuckte fast unmerklich mit den Schultern.

Einen Augenblick lang fühlte Susanne sich wie in einem eingefrorenen Standbild, an jeder Seite ein Mann und sie kann wählen. Der mit den dunklen Locken nahm schließlich sein Tablett, wünschte weiterhin einen wunderschönen Tag und trollte sich.

Susanne gab sich einen Ruck, sagte zu ihrem Vordermann, der immer noch mit den Papierservietten an seiner Hose herumfummelte: „Den Fleck sieht man schon fast nicht mehr."

Sie standen nun nebeneinander, und da es in der Nähe nur zwei freie Plätze gab, schritten sie zielstrebig darauf zu und setzten sich.

Schweigend stopften sie das Essen in sich hinein, ein kurzer Blick auf Susanne, dann schlug er vor: „Trinken wir einen Kaffee in der Sonne, damit ich wieder trockne?"

Jeder zahlte seinen Kaffee, sie kamen ins Gespräch, das Übliche, wie heißt du, was machst du, wo wohnst du ... Schließlich verabredeten sie sich und so setzte sich das fort. Sie gingen ins Kino, seltener ins Theater, Oper mochte Stefan nicht. Susanne fühlte sich verliebt, aber manchmal dachte sie an den jungen Mann, der in der Mensaschlange hinter ihr gestanden hatte, er war so fröhlich gewesen.

Susanne, 21 Jahre alt, studierte im 4. Semester Deutsch, Französisch, Englisch fürs Lehramt, ein solides Studium, ein solider Beruf.

Sie hatte bis zu ihrer Begegnung mit Stefan kaum ernsthafte Beziehungen gehabt.

Stets fehlte irgendetwas, mal fühlte sie sich nicht ernst genommen, mal klappte es im Bett nicht, mal fand sie die Interessen zu unterschiedlich, mal die Unterhaltungen zu banal.

Bei Stefan fühlte sie sich gut aufgehoben, sie vertraute ihm. War er, mit dem sie nun schon eine Weile ging, wie man so sagte, der Richtige? Insgeheim aber vermisste sie ein aufregendes Prickeln, es wehte eher ein sanftes Lüftchen in ihrem Inneren.

Stefan, 25 Jahre alt, geboren in Münster, stand vor einem Abschluss als Diplomingenieur, die letzten Prüfungen hatte er noch zu bestehen.

Er wollte ein 4-semestriges Wirtschaftsstudium draufsetzen, dann im Berufsleben endlich die Karriere und das große Geld machen.

Er war zukunftsorientiert, bodenständig, zielstrebig, ein sachlicher Typ, mittelgroß, wache graue Augen, schmaler Mund, sehr durchtrainiert, Skifahrer, Bergsteiger, Hochtouren im Winter und Sommer. Am liebsten hätte er den Sport zu seinem Beruf gemacht, schätzte seine Talente aber realistisch ein und entschied sich, in einem sicheren Job genügend Geld zu verdienen, um sich erstklassige Ausrüstungen für seine sportlichen Hobbies zu finanzieren.

Stefan hatte einige mehr oder weniger ernsthafte Beziehungen hinter sich und nun war er mit Susanne liiert. Kurz vor dem Ende seines Studiums konnte er aufwendige Liebesaffären nicht brauchen. Mit Susanne, das passte. Sie war vorzeigbar hübsch, tolerant gegenüber seinen Freizeitaktivitäten, anschmiegsam, sie schien ihm unkompliziert und stellte keine allzu großen Ansprüche.

Wohin diese Beziehung führen könnte, würde man später sehen.

III

Peter und Maja – Maja und Peter.....
... er liebt sie, er liebt sie nicht - sie liebt ihn, sie liebt ihn nicht...
Gab es einen Zweifel am Ergebnis?

Marc sah den beiden zu, wie sie ausgelassen tanzten, herumwirbelten, dann wieder eng umschlungen sich im Rhythmus wiegten.

Werde ich Maja verlieren oder Peter dazugewinnen?

Marc dachte an seine bisherige Rolle in ihrem Leben, er war der zwei Jahre ältere Bruder, der auf seine Schwester aufpasste.

Als sein Vater beschlossen hatte, dem Konzern europäische Firmen einzuverleiben und deshalb für diese Geschäfte neben der Zentrale in New York einen neuen Hauptsitz in Zürich gründete, zog die Familie ebenfalls dorthin.

Die Eltern wollten die Kinder, Maja war 14, Marc 16, in der Nähe haben, ihnen gleichzeitig die bestmögliche Ausbildung mitgeben, auch ihre europäischen Wurzeln stärken und schickten sie deshalb in ein renommiertes Internat am Genfer See.

Maja, herausgerissen aus der New Yorker Großfamilie, getrennt von der gewohnten Umgebung, von den Freunden, zum ersten Mal im Internat, litt darunter. Für Marc war es eher eine Herausforderung, die sein Selbstbewusstsein stärkte. Damals begann er sich verantwortlich zu fühlen für seine kleine Schwester, die so viel weniger aushalten konnte.

Sie kam mit all ihren Problemen zu ihm, Krach mit den Lehrern, Zoff mit den Freundinnen, unglückliche Liebesaffären. Er tröstete sie, drohte den Beteiligten, flirtete mit den Freundinnen, die er sich aber ansonsten vom Leibe hielt, meistens brachte er alles wieder ins Lot.

Marc war ihr engster Vertrauter, ihr Ratgeber, immer noch. Musste er diese Rolle nun an Peter abgeben?

Er seufzte, Maja hatte den Mann gefunden, den sie liebte, den sie brauchte, der ihr Halt und Stabilität geben könnte. Er hatte bisher ihre Verliebtheit unterstützt, zugegeben nicht ganz selbstlos, denn er mochte Peter und hielt es für denkbar, auch zu ihm ein geschwisterliches Vertrauensverhältnis aufzubauen.

Wehmütig dachte er an die Wochenenden, die er mit Maja während der Internatszeit häufig in den Bergen verbracht hatte. Sie stürzten gewagte Abfahrten hinunter, erstürmten Gipfel, mieteten ein Doppelzimmer, fast immer im gleichen Gasthof, schliefen eng umschlungen im selben Bett. Manchmal nahmen sie eine ihrer Freundinnen mit, damit keine Gerüchte aufkamen.

Und jetzt wiederholen sich diese Unternehmungen, aber nicht mit ihm, leider, Peter trat an seine Stelle. Ob er ihn wirklich ersetzte?

So oft es ging, fuhren Maja und Peter mit ihrem Mini spontan in die nähere oder weitere Umgebung, übernachteten ungeplant auf Hütten oder in teuren Wellness-Oasen, genossen die gemeinsame Zeit, liebten sich. Maja übernahm diskret alle Rechnungen, denn Peter war bei diesem Lebenswandel ständig pleite, trotz der Unterstützung seiner Eltern. Sein Assistentengehalt war lächerlich im Vergleich zu Majas Taschengeld.

Nach dem Examen hatte er zur Freude seiner Eltern eine auf drei Jahre befristete Stelle bei einem Professor der Sprachwissenschaft angenommen mit einer Promotionsmöglichkeit.

Vielleicht würde er die Idee, Lehrer zu werden, doch aufgeben, hoffte sein Vater, stattdessen eher eine Hochschulkarriere anstreben.

Natürlich forderten sie Marc auf, mitzukommen - er wollte nicht unfair sein - aber seine Promotion ließ ihm wenig Zeit. Wenn er die beiden begleitete, waren sie tagsüber unzertrennlich, nur nachts blieb er allein.

Mit 18 hatte Marc das Abitur bestanden, sich entschlossen in Deutschland zu studieren, wählte München, weil es beste Verbindungen nach Genf zum Internat und zu den Eltern nach Zürich gab.

Papa war enttäuscht, dass er nicht in den Konzern eintreten wollte, bestand auf einem Abschluss in Jura, gab aber seufzend nach, als Marc nach dem ersten juristischen Staatsexamen ein Studium der Kunstgeschichte anschloss, nun stand er kurz vor seiner Promotion.

Er hatte bereits eine Galerie in der Maximilianstraße eröffnet, auch schon einige Bilder verkauft, für mehr fehlte ihm die Zeit. Er musste dringend mit der Universität fertig werden, damit er richtig loslegen konnte.

Auch Onkel Jean, der Bruder seiner Mutter, Witwer, kinderlos, wartete darauf, sah in ihm seinen Nachfolger. Er hatte ihn schon früh in Galerien und Kunstausstellungen mitgenommen, seinen Blick geschärft, ihn mit Künstlern bekanntgemacht, ihn eingeführt in die Szene. Im Laufe der Jahre hatte er ihm alles, was er über den Kunsthandel wusste, beigebracht, darüber, wie man einen Künstler in Szene setzt, aber auch, wie man Fälschungen erkennt, Schrott von Qualität unterscheidet.

Marc war motiviert, er wollte seine Eignung zunächst alleine testen mit dieser Galerie in München, ohne Hilfe. Onkel Jean aber hielt ihn für reif genug, seine Galerien in New York und London zu übernehmen.

Nachdenklich wandte er sich wieder der Tanzfläche zu, im Freien, romantische Beleuchtung. Wenn es so weitergeht mit den beiden, dachte er, werden sie wohl noch eine Weile zusammenbleiben, vielleicht sogar heiraten wollen. Ich werde es dann den Eltern verklickern müssen. Wenigstens ist Maja, unberechenbar, lebenshungrig, sensibel wie sie war, in guten Händen bei Peter. Und ich, kann ich auch in ihrer und seiner Nähe bleiben? Werden sie mich akzeptieren? Wenn die Eltern demnächst wieder aus Zürich kommen, werden wir ihn vorzeigen.

Maja kam erhitzt auf ihn zu: „Komm tanzen", sie nahm seine Hand, „Peter lässt schon nach." Es war wie immer, traten sie zu dritt auf, standen sie sofort im Mittelpunkt, diese hochgewachsenen jungen Männer in gutsitzenden Klamotten, Maja in der Mitte, im extravaganten Outfit, charmant parlierend nach beiden Seiten, sich ihrer Wirkung wohl bewusst. Peter hatte sich einigermaßen an das Münchner Society-Leben gewöhnt, machte viel mit, Maja zuliebe. Nur manchmal wurde es ihm zu viel, er zog sich zurück oder traf sich mit seinem alten Freund Philipp.

Marc war Realist genug, er wusste, irgendwann hörte dieses unbeschwerte Leben auf und dann? Er mochte sich das Danach nicht vorstellen, nicht jetzt.

IV

Stefan feierte sein Diplom. Die Eltern reisten aus Münster an, der Vater Arzt, die Mutter führte den Haushalt. Die jüngere Schwester Helene kam mit, die ältere hatte keine Zeit.

Susanne wurde vorgestellt zusammen mit allen anderen Freunden, Studienkollegen. Niemand ahnte etwas von ihrer doch recht intimen Beziehung, wie Susanne fand. Er hatte geschickt vermieden, sein Verhältnis zu Susanne erklären zu müssen, das konnte noch warten.

Stefan hatte bei einer kleinen Software-Firma einen 20-Stunden-Job angenommen, um seine Finanzen etwas aufzubessern, das Aufbaustudium zahlten weitgehend die Eltern. Er war zufrieden, alles lief nach seinen Wünschen.

Stefan hatte drei Freunde, eher Sportkameraden als Gesprächspartner, zuverlässig, ideale Begleiter für anspruchsvolle Hochtouren. Bei leichteren Wanderungen durften auch die Partnerinnen mit, aber meistens blieben die zu Hause, verabredeten sich zu gemeinsamen Unternehmungen. Nur Carolin, die Freundin von Sven, war trainiert genug, um mit den Männern mitzuhalten. Bald zog ein Pärchen zusammen, ein anderes heiratete, sie planten Kinder, aber es klappte und klappte nicht.

Die Freundinnen trafen sich seltener, sie hatten andere Prioritäten. Susanne fühlte sich an manchen Wochenenden, wenn Stefan in den Bergen herumkletterte, ziemlich verloren, aber sie wagte nicht, mit ihm darüber zu sprechen.

Sie war nun schon zwei Jahre mit Stefan zusammen, nächstes Jahr würde sie ihr Staatsexamen machen, dann verdiente sie wenigstens etwas und lag ihrer Mutter nicht mehr vollständig auf der Tasche.

Sie hatte im Studentenheim ein Zimmer, während Stefan billig zur Untermiete wohnte und deshalb häufig bei ihr nächtigte.

Als sie ihr Referendariat begann, schlug Stefan vor, zusammenzuziehen.

„Das ist billiger für uns beide", sagte er und lächelte, „und wenn ich fertig bin, dann sehen wir weiter."

Susanne war glücklich, das hörte sich doch gut an, eine gemeinsame Zukunft mit Stefan hatte sie sich schon längst selbst vorgestellt.

Sie war sich sicher, so meinte er es.

V

"Peter, lass uns doch heiraten", Peter war verblüfft.
Nicht, dass der Gedanke ihm noch nicht gekommen wäre, aber da gab es einige Probleme.

Maja lehnte sich zurück, das Champagnerglas in der Hand, „auf uns!"
Sie ging nicht davon aus, dass er ablehnen würde. Sie hatte längst mit Marc und ihren Eltern darüber gesprochen.

Marc reagierte begeistert, Maman zurückhaltend, aber positiv, nur Papa zögerte etwas, er brauchte einen Vertrauten im Konzern, würde Peter bereit sein, sich da einzubringen? Intelligent genug war er, auch hart genug?

„Ich werde ein Trainee-Programm für ihn zusammenstellen, das müsste ausreichen für eine vernünftige Position", sagte Papa und Maman bemerkte, „vielleicht wird er unsere Tochter auch etwas zähmen können."

Eigentlich gab es absolut nichts an ihm auszusetzen, außer, dass er keinem Clan angehörte. Aber Papa hatte schließlich auch, mittellos wie er war, in die französisch-amerikanische Bankerfamilie eingeheiratet. Und alles hatte sich zum Besten gewendet.

„Ich hoffe, dass Maja so glücklich wird, wie ich

es bis heute bin", fügte Maman hinzu und warf einen vielsagenden Blick auf Papa.

Maja hatte auf eine passende Gelegenheit gewartet, bisher hatten sie nicht über eine gemeinsame Zukunft gesprochen, sie war neugierig auf seine Reaktion.

Heute, die Gelegenheit!

Sie waren zum Essen ausgegangen, saßen nun auf der Terrasse von Majas und Marcs gemeinsamer, geräumiger Wohnung in Schwabing, ein letzter schöner Herbsttag.

Sie stand auf, setzte sich auf seinen Schoß, kraulte seinen Drei-Tage-Bart, umschmeichelte ihn.

Musste sie ein wenig nachhelfen?

„Brauchst du Bedenkzeit?" Maja küsste ihn.

„Nein, nichts lieber als das, aber..."

„Kein aber, morgen legen wir alle Details fest."

Das ging ihm etwas zu schnell, Details? Wesentliches musste geklärt werden. Man heiratet nicht einfach aus einer Laune heraus. Natürlich wollte er eine Familie haben, Kinder, das bedeutete aber auch eine gewisse Verantwortung, bestimmt auch Verzicht auf manche spontanen Unternehmungen. Im übrigen würde er als Lehrer Majas Lebensstil nie finanzieren können. Details? Nein, Voraussetzung für eine glückliche Ehe war doch eine gemeinsame Lebensperspektive, dachte er... wie konservativ das klang.

„Ja, ja", Maja unterbrach seinen Gedankengang, „lass uns richtig feiern", sie legte ihre Lieblingsmusik auf, schenkte nach, umschlang ihn tänzelnd, „komm, glücklicher Bräutigam." Sie tanzten eng aneinandergeschmiegt, bewegten sich Richtung Majas Zimmer.

Am nächsten Morgen werkelte natürlich Mademoiselle Antoine herum, Majas Kindermädchen, das einfach in der Familie geblieben war, jetzt für Marc und Maja den Haushalt führte. Peter mochte sie nicht, sie war ihm gegenüber sehr reserviert, zu korrekt, deshalb blieb er nur über Nacht bei Maja, wenn Mademoiselle frei hatte.

Er bevorzugte seine zugegeben selten aufgeräumte Zweier-WG mit Philipp, seinem alten Schulfreund. Wenn sich Besuch ansagte oder Uschi kam, putzten sie das Bad oder was ihnen sonst noch wichtig erschien, Maja nächtigte nie bei ihnen.

Diese Nacht aber, sozusagen seine Verlobungsnacht, hatte er bei Maja zugebracht und saß nun nachdenklich am Frühstückstisch. Wie würde ihr gemeinsames Leben aussehen? Maja als Hausfrau konnte er sich nicht vorstellen, würde sich eine Tätigkeit für sie finden? Hatte sie schon einmal darüber nachgedacht? Eher nicht. Maja stupste ihn an, „wohin bist Du gerade abgedriftet? Schon so versunken in der Erwartung ehelicher Freuden?"

Sie nahm sich ein Brötchen, „der beste Zeitpunkt für die Hochzeit ist der Mai", sagte sie sach-

lich, „wir brauchen sowieso diese Zeit zur Vorbereitung."
Peter wollte gerade ansetzen, über seine Vorstellungen und Pläne zu sprechen, aber Maja strahlte ihn so glücklich an, er konnte ihr jetzt nicht die Laune verderben mit seinen Einwänden, „deine Doktorarbeit kannst du auch noch fertig machen, wenn wir verheiratet sind, den Haushalt übernehme ich und alles andere wird sich finden." Sie zupfte an dem Brötchen herum, erwartete keinen Widerspruch.

„An meiner Seite wirst du eine Lehrersfrau sein, kannst du dir das vorstellen?"

Majas Antwort war ausweichend, Lehrer klang zu spießbürgerlich, aber sie wollte heute dieses Thema nicht ansprechen, Papa würde das schon richten.

Peter gab fürs erste seine Gesprächsversuche auf, er liebte Maja, er war verrückt nach ihr, etwas besseres als sie zu heiraten, konnte er sich nicht vorstellen.

Probleme? Heute nicht.

VI

„Warum heiratet ihr nicht?" fragte Susannes Mutter, als sie vom Plan einer gemeinsamen Wohnung hörte. Susanne wich aus, Stefan wolle erst das Aufbaustudium beenden und sie ihr Referendariat.

Da sie schon lange in den gemeinnützigen Bauverein eingezahlt hatte, einen festen Partner vorweisen konnte, sogar einen Heiratstermin hervorzauberte, bekam sie mit viel Glück eine Drei-Zimmerwohnung in einer älteren Anlage mit Blick auf den Flaucher, der schönen Grünanlage entlang der Isar.

Die Wohnung war zwar nur einfach ausgestattet, aber die Häuser wirkten gepflegt.

Sie kauften zwei Betten, zwei Schränke, jeder zahlte die Hälfte, Susanne erstand beim Möbeldiscounter Tisch, Stühle, Sofa und Hausrat, Stefan erwarb den Fernseher, einen neuen Computer samt gebrauchtem Schreibtisch und Bürostuhl. Susanne war für die Miete zuständig, ihre Mutter unterstützte sie dabei, Stefan für seine persönlichen Ausgaben. Regelmäßig „vergaß" er die Rechnungen für den gemeinsamen Haushalt, überließ ihr die Einkäufe.

„Wenn ich erst fertig bin und eine feste Stelle habe, heiraten wir, Geld ist dann kein Thema mehr, es geht sowieso alles in einen Topf", pflegte er auf ihre Vorhaltungen zu sagen und gab ihr großzügig einen Fünfziger, „mehr habe ich gerade nicht in bar."

Stefan fuhr weiterhin mit seinen Freunden in Urlaub, Klettern in den Alpen, Hochseesegeln, Trekking in Nepal, „das ist alles viel zu riskant und zu anstrengend für dich", sagte er und auch zu teuer für zwei, dachte er.

Susanne wusste nicht, wohin sie allein fahren sollte.

Einmal begleitete sie eine alte Schulfreundin, die sich gerade von ihrem Freund getrennt hatte. Eine qualvolle Zeit für Susanne, nichts als Gejammer.

Einmal bestand sie auf einem gemeinsamen Urlaub mit Stefan. Sie mieteten auf einer griechischen Insel eine billige kleine Wohnung im Zentrum, Stefan betrachtete wehmütig, was das Luxushotel am Strand alles anbot, Drachenfliegen, Strandsegeln, Tauchen, Surfen, Tennisturniere. Er ging mit ihr am Strand spazieren, schwamm lange Strecken, langweilte sich, der Sport fehlte ihm. Um Geld zu sparen, kochten sie zusammen, genauer gesagt, er sah ihr zu, wie sie kochte. Er ging rücksichtsvoll, sogar liebevoll mit ihr um, lud sie in die örtliche Disco ein, spendierte ein Essen im Hotel.

Sie redeten miteinander, sie schwiegen miteinander, aber dennoch waren beide froh, als der Urlaub vorbei war.

Eigentlich fuhr sie lieber auf „ihren" Bauernhof

im Werdenfelserland. Dort war sie oft nach dem Tod ihres Vaters mit ihrer Mutter zur „Sommerfrische". Die Familien kannten sich aus früheren Zeiten.

Frau Körber, eine warmherzige Frau, bewirtschaftete mit ihrem Mann und der älteren der erwachsenen Töchter den Hof. Um einige Nebeneinnahmen zu haben, vermietete sie die drei Zimmer mit Etagenbad im ersten Stock, bot eine preiswerte Vollpension an. In der ausgebauten Scheune daneben gab es außerdem vier Ferienwohnungen.

Der Hof lag idyllisch, abseits der großen Straße mit Blick auf die Berge. Das Nachbaranwesen, ein Ponyhof, gehörte dem Bruder. Gelegentlich hatte Susanne dort reiten dürfen.

Vielleicht sollte sie versuchen, Stefan zu überreden, wenigstens ab und zu auf ihrem Bauernhof Ferien zu machen, in der ländlichen Stille und Abgeschiedenheit, um zur Ruhe zu kommen.

Manchmal aber sehnte sie sich nach Abwechslung, sie kannte noch so wenig von der Welt, sie stellte sich fremde Länder vor, die sie mit Stefan erkunden könnte, sie würden zusammen Abenteuer erleben, auf andere Menschen treffen.

Vielleicht später, wenn sie das Geld dazu hatten.

Immer nur „vielleicht", dachte Susanne und immer nur „später". Und das Jetzt? Sie verdrängte diese Gedanken, Stefan war der Richtige!

VII

Peter war allein. Heute konnte er sich schlecht konzentrieren auf seine Arbeit. Maja war schon wieder weg, dieses Mal in Südafrika bei ihrer besten Freundin, um ein Golfturnier zu spielen. War er eifersüchtig? Nein, doch nicht auf den Bruder der Freundin, diesen arroganten Kerl mit den rassistischen Sprüchen.

Warum blieb sie nicht bei ihm in München, warum suchte sie nicht eine Beschäftigung, eine sinnvolle Tätigkeit? Sie hatte die besten Beispiele in ihrer nächsten Umgebung. Papa arbeitete häufig rund um die Uhr in seinem Unternehmen, Maman war engagiert in allerlei Stiftungen und Marc, ihr geliebter und verehrter Bruder, der erfolgreiche Kunsthändler, hatte ihr mehrfach angeboten, Betreuungspflichten für Künstler und Käufer, Repräsentationsaufgaben in seiner Münchner Galerie zu übernehmen, warum hörte sie nicht auf ihn? Im Übrigen konnte sie auch in München Turniere spielen, mit ihm, er war ein guter Golfer, mussten es diese weit entfernten Veranstaltungen sein?

Oder lag es an ihm? War er zu besitzergreifend? Ließ er ihr zu wenig Freiheit? War es zu viel verlangt, wenn er die Frau, die er liebte, an seiner Seite haben wollte.

Nach der Hochzeit, hatte Maja versprochen, würde sie sein Leben teilen, nicht er ihres. Alles nur leere Worte, dachte er. Ihre täglichen Anrufe nutzten nichts, er vermisste sie.

Voller Erwartungen, Zuversicht hatte er damals geheiratet. Was war das für ein glanzvolles Fest gewesen, seine Hochzeit, auf dem Schloss der Familie mütterlicherseits in Südfrankreich. Die Großeltern Majas hatten sich dorthin zurückgezogen, boten es ihrer Lieblingsenkelin an. Maja flog ständig hin und her, um das Fest, im kleinen Kreise, wie sie sagte, mit nur 300 Gästen, vorzubereiten. Noch heute schwärmen Peters Verwandte von den Hochzeitsfeierlichkeiten, eine Woche kostenloses Programm vom Feinsten. Da eine jüdische Zeremonie nicht möglich war, hatte man sich auf einen katholischen Priester geeinigt, um dem Ganzen einen würdigen Rahmen zu geben.

Peter war nicht eingebunden in die Hochzeitsvorbereitungen, er nutzte die Zeit, um mit seiner Doktorarbeit voranzukommen. Mit seinem Professor war abgesprochen, sie in groben Zügen fertigzustellen, sich von seiner Assistentenstelle ein halbes Jahr beurlauben zu lassen. Maja hatte auf diese Auszeit nach der Hochzeit bestanden, schließlich musste sie mit ihrem Ehemann alle Freundinnen und Verwandte besuchen.

Sie reisten in den Flitterwochen zu den Philippinen, dann zu den engsten Freundinnen in Südafrika, Argentinien und Texas, schließlich zu Marc nach New York.

Peter stand auf, vielleicht half ein Espresso, ihn auf andere Gedanken zu bringen. Aber kaum schloss er die Augen, war Maja wieder da, winkte ihm zu.

Peter liebte ihre spontanen Einfälle, ihren lebhaften Charme, ihre Zärtlichkeiten, bewunderte ihr elegantes Auftreten, ihren selbstbewussten Umgang mit all diesen Leuten.

Nach einigen Monaten „Flitterwochen" hatte er genug vom Herumgereicht werden, vom Herumreisen, sehnte sich zurück nach einer vernünftigen Beschäftigung.

Die Freundinnen beneideten Maja um ihren gutaussehenden, intelligenten Ehemann, deren Brüder aber, die es einst auch auf Maja abgesehen hatten, begegneten ihm mit Geringschätzung. Welchem Clan gehörte er denn an? Keinem? Ein mitleidiges, ja spöttisches Lächeln.

Vor allem die Argentinier hatte Peter in schlechter Erinnerung. Sie nahmen ihn für ein Wochenende mit zu einem Männergelage mit wilden Ritten, Schießübungen, Nächten im Freien, Besäufnissen. Zuviel war zuviel, er übte heimlich, wie man diskret den Wein im Glas los wurde. Sein Spanisch war nicht schlecht, aber in diesen Tagen lernte er sämtliche Zoten und Kraftausdrücke.

Peter rächte sich und forderte sie zu einem Tennisturnier heraus. Er spielte nicht mehr regelmäßig seit er seine Liebe zum Golfen entdeckt hatte, als ehemaliger Jugendmeister in seinem Club fühlte er sich dennoch fit genug gegenüber diesen versoffenen Machos. Mit Wut und Konzentration schlug er jeden der drei Brüder in zwei Sätzen, die übrigen Freunde wollten daraufhin nicht mehr antreten, Peter hatte Ruhe.

Die letzte Station, New York. Sie wohnten bei Marc.

Eine Mail kam. Der Professor wollte wissen, ob Peter seine Stelle wieder antreten würde, wenn nicht, sollte er wenigstens die Doktorarbeit zu einem Ende bringen. Maja maulte, jetzt schon zurück in das spießige München?

Marc und Papa machten ihr klar, wie wichtig der Titel sei. Peter, der auch noch ein Referendariat an der Schule absolvieren wollte, schlug vor, dass Maja in der Zeit ihr Studium beenden könnte. Zunächst war sie nicht begeistert, fand dann aber Gefallen an der Idee, die einzige unter den Freundinnen mit einem abgeschlossenen Studium zu sein, während jene sich zwar irgendwo einschrieben, im wesentlichen aber darauf warteten, von dem richtigen Mann aus der richtigen Familie geheiratet zu werden.

Peter und Maja flogen zurück nach München, bezogen ihre neue Designer-Wohnung.

Und nun saß er hier, einsam, fühlte sich verlassen in der großen Wohnung.

Nie hatte er allein gelebt, bis zum Abitur wohnte er bei seinen Eltern in einem Haus mit großem Garten, bei seinen Auslandssemestern meistens in Gastfamilien, dann mit Phillip in einer Studenten-WG. Die Erfahrung eines Junggesellendaseins machte er kurioserweise erst nach seiner Heirat, wenn Maja mehrfach wochenlang München verließ.

Majas Eltern hatten schon vor längerer Zeit beschlossen, sich einen Zweitsitz in München zuzulegen, Maman wollte in der Nähe der Kinder und der zukünftigen Enkel sein. Sie ließen sich in Bogenhausen am Hochufer der Isar mit einem herrlichen Blick über München ein Haus bauen. Im oberen Stock wohnten die Eltern, darunter Maja und Peter, darunter Marc, darunter das Hausmeisterehepaar und Mademoiselle Antoine, darunter Garagen, Räume für ein zukünftiges Schwimmbad, für Sauna, für Fitnessgeräte.

Maja hatte die Einrichtung einer Innenarchitektin überlassen, nur wenige eigene Vorschläge eingebracht, Peter war nicht gefragt worden.

Peter holte sich ein Glas Wein, heute wurde es nichts mehr mit der Arbeit. Ob er zu seinen Eltern gehen sollte? Dort bekäme er wenigstens ein ordentliches Essen, die ewigen Döner, Leberkäs-Semmeln, Pizzen hingen ihm allmählich zum Hals heraus. Mademoiselle war zwar für den Haushalt zuständig, aber sie kochte nicht für ihn, und er war froh, wenn er sie nicht sah. Die Abneigung war tief und gegenseitig.

Wie gut hatte die Ehe angefangen, wie glücklich sie waren, jeden Morgen, wenn er zusah, wie friedlich sie schlief, war sie ihm unendlich nahe, er fühlte ihre Wärme, war dankbar, dass er sie getroffen hatte. Dann die Feste zu seiner Promotion, zum glücklichen Abschluss seines Referendariats, zu Majas Examen. In der ersten Zeit ihrer Ehe waren beide ausgefüllt von ihren Beschäftigungen, auch Maja hatte ihr Studium ernstgenommen. Sie verbrachten jede freie Minute miteinander, besuchten in den Ferien ihre Freundinnen, die Verwandten, blieben oft bei Marc in New York.

Warum jetzt ihr ständiges Herumreisen, diese Unruhe? Was vermisste sie bei ihm, was konnte er ihr nicht geben, was die Freundinnen? Genügte es ihr nicht, dass sie sein Lebensmittelpunkt war, brauchte sie stets die Gesellschaft anderer, glamouröse Auftritte, um ihren Lebenshunger zu befriedigen? Was suchte sie?

Peter ging auf der Terrasse auf und ab, heute sah er kaum die Dächer, die Kirchen, wo war sie, was tat sie jetzt, dachte sie an ihn?

Peter hatte sich nach dem Referendariat entschlossen, die angebotene Stelle am Bertolt-Brecht-Gymnasium in einem Münchner Vorort anzunehmen. Herr Selters war einerseits enttäuscht, andererseits schätzte er Peters Zielstrebigkeit. Ein, zwei

Jahre konnte der Konzern auch noch warten. Es schadete sicher nicht, pädagogische Erfahrungen im Umgang mit aufmüpfigen Schülern zu sammeln, so viel Unterschied zu aufmüpfigen Managern gab es vielleicht gar nicht. Papa sah auch in der konsequenten Verfolgung der beruflichen Entwicklung eine gewisse Parallele zu seinem eigenen Werdegang, außerdem mochte er Peter und gestand ihm ähnlich wie seinem Sohn Marc eine, wenn auch begrenzte Entscheidungsfreiheit zu.

Sam Selters, Majas Vater, wurde als Baby zusammen mit seiner Mutter 1938 vorsorglich zu Verwandten nach New York geschickt, sein Vater und die Großeltern sollten nachkommen, sobald die Geschäfte in München abgewickelt waren. Zu spät, der Krieg brach aus, die Großeltern wurden deportiert, kamen im Lager um, der Vater blieb vermisst. Der kleine Sam hatte eine entbehrungsreiche Jugend, dennoch Harvard-Absolvent, als Rechtsanwalt lernte er Miriam, Majas Mutter, kennen. Ihre Brüder, die den weltweit operierenden Konzern, der heute noch zum großen Teil der französischen Bankerfamilie gehörte, überließen ihm eine Tochtergesellschaft mit Sitz in New York, zum Üben, wie sie sagten. Sam hatte daraus ein florierendes Unternehmen gemacht, die Selterswerke.

Peter seufzte, dauernd lag ihm Maja in den Ohren, er solle endlich das Angebot ihres Vaters, das Traineeprogramm, annehmen, anstatt im Schuldienst die Zeit zu verschwenden, oder wenigstens mit ihr zu reisen, „du kannst dir eine Pause doch erlauben."

Sie konnte es nicht begreifen, er liebte den Umgang mit den Schülern, sie zu führen, sie zu begeistern, er fühlte sich wohl in seinem Kollegium, wesentlich wohler als bei ihren Freundinnen. Er hatte schon immer Lehrer werden wollen, Erfahrungen gesammelt im Tennisclub, in der Gemeinde, wo er stets Kinder- und Jugendgruppen betreute.

Wenn wenigstens Marc in München wäre, könnte er mit ihm etwas unternehmen, aber vor allem über seine Sorgen um Maja sprechen, vielleicht kannte er ihr Problem, vielleicht wüsste er eine Lösung.

Ständig diese Auseinandersetzungen, ihre Drohungen, „wenn du nicht mitkommst, fliege ich alleine." Und dann war sie weg, bei den Hochzeiten der Freundinnen, der Verwandten, bei Taufen, bei Golfturnieren, „was halt so alles anfällt." Seine Ferien reichten nicht aus für alle Events. Jedes Mal, wenn sie zurückkam, feierten sie ausführlich Versöhnung, beschworen ihre Liebe. Und dieses Mal? Immer wieder Hoffnung, würde sie endlich ihr Versprechen halten, bei ihm in München zu bleiben, an Kinder zu denken, die Pille abzusetzen?

VIII

Stefan war schlecht gelaunt. Ein Computerprogramm in seiner Firma lief nicht, wie es sollte, sein Chef meckerte, eine Zwischenprüfung an der Uni musste er wiederholen.

Nur Susanne war gleichbleibend geduldig, versuchte ihn aufzurichten. Manchmal ging ihm ihre Fürsorglichkeit, ihr Verständnis auf die Nerven, einen ordentlichen Krach konnte er aber auch nicht brauchen, nicht in dieser sowieso schon stressigen Situation. „Wenn ich erst fertig bin ...", war die ständige Floskel.

Was dann? Susanne hoffte darauf, in kritischen Momenten gestand sie sich ein, Probleme würde es immer geben, die schlechte Laune dann wahrscheinlich auch.

Stefan war eben ein ehrgeiziger Typ, wenn es nicht so lief, wie er wollte, wurde er unausstehlich.

War er glücklich mit ihr? Oder nur, wenn er auf seine Touren ging? Davon kam er meist gut gelaunt zurück, zeigte sich fürsorglich, anhänglich.

Susanne versuchte vorsichtig, mehr gemeinsame Unternehmungen zu planen. „Wir sind doch täglich zusammen, leben gut miteinander", pflegte er zu sagen.

Er verstand ihre Enttäuschung nicht, versicherte, dass er sie liebe, sie schätze, sie brauche.

Sie hatte großes Glück, als sie nach dem Referendariat eine Stelle am Bertolt-Brecht-Gymnasium bekam. Die Kollegen nahmen die junge Lehrerin freundlich auf, vor allem Lili, die sich regelrecht auf sie stürzte.

Lili, mit den gleichen Fächern, 10 Jahre älter, alleinstehend, sehr engagiert, beliebt bei Schülern und Kollegen. Sie hatte mehrere Beziehungen hinter sich, irgendwie funktionierte es nicht, war sie zu unabhängig, zu fordernd? Nun war sie wieder Single, Susanne kam gerade recht, es gab wieder jemanden, um den sie sich kümmern konnte.

Als Susanne ihrem Kollegen Peter die Hand schüttelte, stutzte er, betrachtete sie forschend, „kennen wir uns nicht?"

Susanne sah ihn zweifelnd an, schüttelte den Kopf, ein flüchtiges Bild von einem dunklen Lockenkopf tauchte kurz auf, die kleinen Lachfältchen um die dunklen Augen, die kräftige, sportliche Gestalt, die wohlklingende Stimme, „hatten Sie einmal lange Haare?"

Peter lachte auf, „ja, früher war das mal Mode", er durchforstete sein Gedächtnis, „jetzt weiß ich es, das Glas Wasser in der Mensa, der Typ, der sich so aufgeführt hat."

Susanne lachte auch, nickte, „nett, sich so wieder zu treffen." Besser nicht erzählen, dass „der Typ" ihr Lebenspartner geworden war.

Wenn Peter und Stefan im Rahmen eines Schulfestes einmal aufeinander träfen, würden sie sich auch wieder erkennen? Im Augenblick mochte Susanne sich das nicht vorstellen.

Fortan gingen sie und Peter wie alte Bekannte miteinander um, sprachen gelegentlich von ihren unterschiedlichen Lebensweisen, nie von ihren Partnern.

In der Schule mussten Arbeitsgruppen gebildet werden, eine für allgemeine Aufgaben, eine auf die Fächer bezogen.

„Wir übernehmen das Thema ‚Soziale Projekte'", sagte Lili, „wir nehmen Peter dazu, der hat die gleichen Fächer, unseren Computerfritze, den Musiklehrer, dann brauchen wir den katholischen Pfarrer, der hat die besten Verbindungen und das Ehepaar Leubel, die gehen zwar nächstes Jahr in Pension, haben aber viel Erfahrung. Du wirst sehen, die sind alle sehr nett, kooperativ."

Auch die Fachgruppe Deutsch war schnell zusammengestellt, im Kern die gleichen Kollegen.

Von Peter, schon seit einem Jahr an der Schule, hieß es, er sei glücklich mit einer sehr reichen, hübschen Frau verheiratet, der Computerfritze Arnd war geschieden, zufrieden, endlich machen zu können, was er wollte, das Ehepaar Leubel, Anne und Werner freuten sich auf den gemeinsamen Ruhestand, hatten vor, noch mehr zu reisen als bisher, der Musiker Ulli lebte in einer Art Fernehe, sah seine Frau nur alle zwei Monate und in den Ferien, der katholische Pfarrer galt als gutmütig und stressresistent.

Die Gruppe arbeitete hervorragend zusammen, Peter war unumstritten ihr führender Kopf, man traf sich zu den Sitzungen reihum zu Hause, nur Peter mochte die Kollegen nicht in seine Wohnung einladen, Maja hätte durch Abwesenheit geglänzt oder sich gelangweilt, stets musste er Ausreden finden. Susanne führte Protokoll, Peter setzte in den Konferenzen der Schule alles, was sie erarbeitet hatten, mit Charme und Eloquenz durch.

Manchmal ging die Gruppe zusammen aus, manchmal nur zu dritt, zu viert, ins Kino, zum Italiener, mit Lili besuchte Susanne die Oper, endlich wieder, auf Stehplatz. Stefan schloss sich ihnen selten an, er hatte zu arbeiten. Aus der „Sozialgang", wie man sie im Kollegium nannte, wurden Freunde, eine eingeschworene Gemeinschaft, von den Kollegen belächelt, beneidet, aber als sehr kompetent anerkannt.

Susanne hatte eines ihrer Ziele erreicht, einen befriedigenden Beruf, das nächste Ziel, eine gemeinsame Zukunft mit Stefan, würde sich auch noch verwirklichen lassen, sie musste nur Geduld mit ihm haben.

IX

Ein glücklicher Tag, Maja war schwanger. Peter strahlte, kaufte einen riesigen Blumenstrauß, Pralinen, wie Maja sie mochte. Endlich, Peter hatte schon an sich gezweifelt, wäre bereit gewesen, sich untersuchen zu lassen, es hätte auch an ihm liegen können, und nun diese Freude. Maja war missgelaunt, wie konnte sie nur schwanger werden. Sie hatte zwar die Pille abgesetzt, wie versprochen, aber trotzdem vor jedem Sex ihre Vorkehrungen getroffen, nur neulich, als er auf sofortigem Sex bestand, war keine Zeit mehr. Sie war wütend auf ihn, sie wollte kein Kind, jetzt noch nicht, später vielleicht. Bei den Freundinnen hatte sie gesehen, wie sehr sie nach der Geburt gegen die überflüssigen Pfunde kämpften, wie sie langsam zu Matronen wurden, trotz Kindermädchen manches nicht mehr mitmachten. Sie setzten sich ab von der früheren Lebensweise, nahmen eine neue Rolle in der Gesellschaft ein. Nur ihre Freundin in Südafrika, verheiratet, ein Kind, hatte sich bisher nicht verändert. Mutter sein, dafür war sie noch lange nicht bereit, auch nicht reif genug, wie sie sich eingestand. Peter würde von ihr erwarten, dass sie voll und ganz in dieser Rolle aufginge. Sie wusste, wie sehr er sich Kinder wünschte, er wäre ein guter Vater. Aber wo bliebe sie, könnte sie sich gegen ein Kind behaupten? Vielleicht wäre alles besser, hörte er nur endlich mit diesem Lehrerjob auf. Wenn er im Konzern arbeitete, hätte er wahrscheinlich weniger Zeit, aber dann bliebe sie an seiner Seite, könnte sich vorstellen, ein geselliges Haus zu führen, wo auch immer, selbst in München. Sie war noch nicht einmal 30, diese Schwangerschaft musste wirklich nicht sein!

Peter schob ihre schlechte Stimmung auf die beginnende Schwangerschaft, normal in diesem Zustand. Er bemühte sich um sie, versuchte sie aufzumuntern, abzulenken. Nach einer Woche sagte Maja: „Ich fliege nach New York zu meinem Arzt, ich fühle mich miserabel."

Die Kopfschmerzen, sie hörten einfach nicht auf, trotz der starken Medikamente, und jetzt auch noch die verdammte Übelkeit.

Alle Argumente Peters, sie könne in diesem Zustand nicht fliegen, in München gebe es genügend hervorragende Ärzte, halfen nicht. Sie schrie ihn an: „Du hast keine Ahnung, ich fliege!"

Er brachte sie zum Flughafen, war besorgt, aber Marc und ihre Eltern wohnten wie immer um diese Zeit in New York, sie würden schon auf sie aufpassen. In gut einer Woche hatte er Ferien, dann konnte er sich wieder selbst um sie kümmern. Er hörte in den nächsten Tagen wenig von ihr, sie brauche Ruhe.

Doch dann rief Marc an: „Ich habe leider eine ganz schlechte Nachricht, Maja hatte eine Fehlgeburt." Er wollte oder konnte nichts Genaueres sagen, keine Gründe nennen.

Peter war traurig, enttäuscht. Er hatte so viel Hoffnung auf diese Schwangerschaft gesetzt, nicht nur, weil er Kinder liebte. Maja würde sich ändern, die kleine Familie müsste ihr doch wichtiger sein als das Herumzigeunern. Peter verdrängte die leisen Zweifel, ob Maja wirklich ein Kind gewollt hatte. Nach dem Schwangerschaftstest hatte sie nicht glücklich ausgesehen, eher genervt, sich geweigert, mit ihm ihre beginnende Mutterschaft zu feiern.

„Wie trägt es Maja? Wie geht es ihr? Am Freitag kann ich fliegen, sie hat sicher eine Aufmunterung nötig." Wie würde er sie antreffen, warum war sie nach New York geflogen?

Marc schwieg, zögernd fügte er an, „ich schicke dir einen Wagen zum Flughafen, bis bald." Besser wärs, Peter würde nicht kommen, dachte er.

Peter traf eine vergnügte, putzmuntere Maja an. „Endlich bist du da, lass uns ausgehen, die ganze Geschichte vergessen." Sie bog alle Fragen nach der Ursache ab, „das passiert eben, wir probieren es noch einmal in zwei, drei Monaten, du wirst deine Kinder schon noch bekommen." Er betrachtete sie zweifelnd, konnte nicht glauben, dass sie so leicht über diese Fehlgeburt hinwegkam, er musste den Grund für ihre Sorglosigkeit herausfinden.

Peter saß am Schreibtisch in ihrem Zimmer, Maja war beim Friseur. Sie wohnten stets in Marcs großer Penthouse-Wohnung über dem Central Park, die Eltern hatten ein kleineres Appartement darunter.

Er fuhr sich durchs Haar, was war nur passiert? Sie sei gesund, der routinemäßige Besuch bei ihrem New Yorker Arzt vor der Schwangerschaft hatte es bestätigt. Der gelegentliche Alkohol, ihre Kopfschmerzen, die Pillen zur Aufmunterung in dem tristen München, lagen hier die Ursachen? Oder war der Flug schuld? Schlimmer, waren seine Gene doch nicht in Ordnung?

Er blätterte zerstreut die wenige Post durch, ein Umschlag lag darunter, von Majas Arzt? Vielleicht konnte er hier Genaueres erfahren? Die Rechnung des Arztes, ein ärztlicher Eingriff, ein Tag Krankenhaus, Medikamente. Das medizinische Vokabular verstand er nicht ganz. Er kopierte die Blätter, schob die Originale wieder in den Umschlag, verließ die Wohnung, ging ein paar Schritte in den Park und rief Philipp über das Handy an. Der Freund hörte aufmerksam zu, ließ sich den Text vorlesen.

„Peter, ich bin kein Gynäkologe, aber ich kann Kollegen fragen, die verstehen auch das Englische besser. Kannst du mir die Unterlagen faxen? Es ist zwar schon spät, aber ich warte, nein, keine Sorge,

Uschi erfährt nichts, sie ist gerade im Kino. Schick sie am besten sofort." Peter wartete zwei Tage, nervös, ungeduldig.

Endlich rief der Freund an: „Es tut mir leid, Peter, der Diagnose, den Medikamenten nach, handelt es sich um eine Abtreibung, warum sie notwendig war, steht nicht da, es fehlt auch die Untersuchung des Embryo, bei einer Fehlgeburt wird alles routinemäßig geprüft, wenigstens bei uns. Sprich am besten mit dem Arzt, er muss dir Auskunft geben und frag Maja."

Peter verließ die Wohnung ohne ein Wort, lief ziellos durch den Park, versuchte sein Gleichgewicht wiederzufinden. Welche Erklärung hatte Maja? Er musste sie zur Rede stellen, ganz ruhig, ganz sachlich. Er fühlte sich hintergangen, Wut kämpfte sich hoch, es war auch sein Kind.

Peter beherrschte sich, so gut er konnte.

Maja empfing ihn an der Türe. „Da bist du ja, wo warst du denn, du weißt doch, wir sind eingeladen bei den Holders, zieh dich schnell um."

„Sag ab, mir ist nicht danach", er packte ihren Arm und schob sie in ihr Zimmer.

„Bist du verrückt, lass mich sofort los!"

„Du hast abgetrieben?"

Maja schwieg, eine Falte bildete sich auf ihrer sonst makellosen Stirn, „woher willst du das wissen? Wühlst du in meinen Sachen? Du hast die Rechnung gesehen!"

„Du hast also abgetrieben, mein Kind!"

„Peter, was soll das", sie legte einen schmeichelnden Ton in ihre Stimme, „ ich bin noch nicht reif für ein Kind, ich will noch etwas erleben, reisen mit dir, ein Kind bedeutet Einschränkung, ein geregeltes Leben, der dicke Bauch, das ständige Säuglingsgebrülle, nein ich kann noch nicht. Lass uns doch noch warten."

Maja wollte den Arm um ihn legen, Peter befreite sich heftig, das musste er erst einmal verdauen.

Er stürmte aus dem Zimmer, goss sich einen großen Whiskey ein, trat hinaus auf die Veranda, blickte verloren über den Central Park, warum nur, warum nur?

Wo war die Frau geblieben, die er liebte, was war schief gelaufen, hatte er zu große Erwartungen? Sich vielleicht zu wenig gekümmert?

„Bitte, zieh dich doch um, wir kommen zu spät. Du weißt, die Holders sind empfindlich, meine Eltern auch, sie warten schon!"

Peter drehte sich nicht um, blieb einfach stehen, was sollte er in dieser Gesellschaft, er war ein Eindringling, der nicht dazu gehörte.

„Warum machst du ein solches Aufheben von dieser Sache?"

Mit aller Kraft hielt er das Glas fest, damit es nicht Richtung Maja flog.

„Dann eben ohne dich", Maja verschwand.

Marc kam, war erstaunt, ihn alleine anzutreffen, sah sofort Peters Zustand.

„Du hast mit Maja gesprochen?"

Er holte sich ebenfalls ein Glas, stellte sich neben ihn.

„Glaub mir, wir haben versucht, es ihr auszureden, Papa mit Zorn, Maman mit sanften Worten, ich mit sachlichen Argumenten. Nichts hat genutzt, sie war willens, das alleine durchzuziehen, schließlich fuhr ich sie ins Krankenhaus und habe sie auch wieder abgeholt. Seither ist Funkstille zwischen Maja und den Eltern."
Er klopfte Peter sanft auf die Schulter, „was kann ich für dich tun?", fragte er weich.

Sie setzten sich zusammen auf die Terrasse, aßen schweigend, was Marcs Haushälterin Amanda für ihn vorbereitet hatte.

Peter betrank sich zwar nicht, hatte aber genug.

„Kann ich in deinem Gästezimmer schlafen? Ich ertrag sie nicht." Marc nickte, traurig.

Mitten in der Nacht legte sich Maja zu ihm, Peter reagierte nicht, spürte ihre Hand, drehte sich auf die andere Seite. Auch gut, dachte sie, ich werde das wieder hinbiegen, bisher ist es mir immer gelungen.

Sie flogen getrennt zurück nach München, Maja blieb noch eine Woche, „damit er sich beruhigt", erklärte sie den Eltern.

Zu Hause versprach ihm Maja alles, alles, was er sich wünschte. Peter zweifelte, aber noch fühlte er einen Funken Liebe irgendwo in seinem Inneren.

Peter versprach nichts.

X

Maja benahm sich eine Weile vorbildlich, obwohl Peter viel arbeitete. Er probierte Neues aus, andere Unterrichtsformen, seine Schüler zogen mit, sein Chef unterstützte ihn, er schrieb Artikel über seine Erfahrungen, veröffentlichte sie in einschlägigen Zeitschriften, Peter machte sich allmählich einen Namen.

Er kümmerte sich um Maja, verbrachte jede freie Minute mit ihr, wollte glauben, dass nun alles gut werde. Das Thema „Kinder" schnitt er nicht an, er musste sich und ihr Zeit geben.

Maja verstand sich manchmal selbst nicht mehr, sie kannte ihre Launen nur allzu gut, früher spielte sie damit, setzte sie gezielt ein, jetzt hatte sie manchmal das Gefühl, etwas in ihr treibe sie an, beherrsche sie gegen ihren Willen. Ihre Eltern konnte sie täuschen, wenn sie sie zu gesellschaftlichen Ereignissen begleitete, sie spielte die perfekte Tochter.

Nur Marc sah, wie ihre Auftritte immer künstlicher wurden, wo war ihr mädchenhafter, natürlicher Charme geblieben? Er bestand darauf, ihre Medikamente zu prüfen, war entsetzt über die Menge, Antidepressiva, Mittel zum Schlafen, zum

Aufwachen, gegen Schmerzen, „woher hast du sie? Du musst aufhören damit, sofort." Maja klammerte sich an ihn, „lass mich nicht im Stich."
Marc sprach mit Peter. „Stimmt etwas nicht mit euch? Ich dachte, ihr habt euch wieder versöhnt." Peter mochte nicht darauf antworten, was sollte er Marc auch erzählen.
„Peter, du musst sie auch verstehen, wahrscheinlich hat sie diese Abtreibung schon längst bereut, es war eine völlig unüberlegte Handlung, du kennst sie doch, manchmal neigt sie zu solchen Extremen."
„Ja, ich weiß", sagte Peter bitter.
„Ich nehme sie mit nach New York, sie braucht Abstand von allem." Marc legte seine Hand auf Peters Arm, „es wird schon wieder!"
In New York blieb er ständig an ihrer Seite, sie wurde ruhiger, die Kopfschmerzen ließen nach, sie langweilte sich weniger, hatte Sehnsucht nach Peter.
Maja kehrte zurück nach München, voller guter Vorsätze.
In Peters Armen fühlte sie sich sicher, aufgehoben, obwohl sie den kleinen Riss, hauchdünn, spürte, der seit ihrer Abtreibung ihre innige Vertrautheit störte.
Ihre Freunde aus München, aus der ganzen Welt riefen an, und sie ließ sich locken, erneut ausgelassene Vergnügungen, bald setzten ihre ruhelosen Reisen wieder ein.

War sie bei den Freundinnen, sah deren Leben, wollte sie augenblicklich wieder weg, zurück zu Peter, blieb dennoch. War sie in München, ging sie aus mit ihrer Clique. Irgendwann nachts rief sie Peter an, er solle sie abholen und auch noch die Freundinnen nach Hause bringen. Nach dem dritten Mal sagte er: „Nimm ein Taxi", er weckte Mademoiselle, sie solle sich um ihren Liebling kümmern. Maja musste manchmal ins Bett gebracht werden, sie war erschöpft, sie erbrach sich.

„Du bist krank."

Er war bereit mit ihr eine Therapie zu machen, sie in jeder Hinsicht zu unterstützen.

Sie lachte nur hysterisch, „du Spielverderber, du machst mich krank:"

Sie schliefen miteinander, wenn er es wollte. Sex mit Maja war zwar aufregend wie immer, aber ihre Schmeicheleien, ihre Verführungskünste hatten sich abgenutzt.

Es ging nicht mehr so weiter, er musste sich trennen von ihr, dieser unwürdigen Ehe ein Ende setzen.

Peter rief seinen väterlichen Freund Bill an, ein Schulkamerad seines Vaters, der zum Studium nach Chicago gegangen, dort hängengeblieben war, inzwischen als international anerkannter Universitätsprofessor arbeitete und nebenher eine psychologische Praxis betrieb. Peter hatte ein

Schuljahr in seiner Familie mit den etwa gleichaltrigen Kindern zugebracht und zu Bill großes Vertrauen entwickelt.

Nach der Abtreibung Majas rief er ihn an, Bill schlug eine telefonische Sitzung vor, Peters innerer Aufruhr beruhigte sich, er konnte wieder mit Maja umgehen.

Jetzt wollte Peter keine Sitzung, sondern nur einen objektiven, erfahrenen Zuhörer, der seine Sorgen, seine Zweifel ernst nahm.

„Ich kann nicht mehr zuschauen, wie sie sich ruiniert, ich glaube ihr nicht mehr, dass sie wirklich eine Familie haben will. Wir leben irgendwie nebeneinander her, ich finde keinen Zugang zu ihr." Er zögerte, „wahrscheinlich liebe ich sie noch immer."

Bill nahm sich Zeit, „versuche, mit ihr zu sprechen, ihr klarzumachen, was du fühlst, ehe du dich endgültig trennst."

Weihnachten, Silvester kam. Die Familie, Peters Eltern, Majas Eltern, besonders die Frauen verstanden sich gut, Marc und das junge Paar, verbrachten die Festlichkeiten, stets zusammen in St. Moritz, im „Palace". Maja sah wie immer hinreißend aus, stand im Mittelpunkt, suchte und fand Peters Bewunderung und dennoch, nach den Ferien wollte er Bills Rat folgen und ernsthaft mit ihr reden.

Peter versuchte, so gut es ging, diese kurze Ferienzeit zu genießen.

Wie ein Damoklesschwert hing das Gespräch mit Maja über ihm. War er mit ihr alleine, verflüchtigte sich seine gespielte Fröhlichkeit.

„Was hast du?", fragte sie, „so ernst, was ist dir über die Leber gelaufen?"

„Nichts, nichts", wehrte er ab, und hätte doch am liebsten, dass sich die Probleme irgendwie in Luft auflösten. Ein ernstes Gespräch, doch ja, aber wie beginnen, er fand nicht den Mut. Nicht hier, dachte er, zu Hause, in der vertrauten Umgebung ohne Ferienstimmung.

Zurück in München klammerte er sich an die Vorstellung, Maja habe sich geändert, warum konnte es nicht so bleiben wie in diesen Ferien, war ein Gespräch wirklich notwendig?

Die Anrufe von Majas Freunden blieben nicht aus. Als er von ihren Zusagen zu diesem oder jenem hörte, rang er sich zu einem Entschluss durch.

Heute war es soweit, Maja saß entspannt auf dem Sofa, blätterte in einem Buch.

„Möchtest du einen Espresso?" Keinen Alkohol, das Gespräch durfte nicht in die entspannte Atmosphäre eines Small Talks abgleiten.

Peter sprach von seinen Empfindungen, von seiner Enttäuschung, er bat sie inständig um ein gemeinsames ernsthaftes Bemühen, ihre Ehe zu retten, um eine Art Probezeit für einen Neuanfang, falls es nicht gelinge, würde er zum Schuljahresende die Scheidung einreichen.

Maja sah ihn erstaunt an, das klang endgültig, so entschlossen wirkte er.

Sie lächelte ihn an, „das wirst du nicht tun!"

„Doch, Maja, lass es uns noch einmal versuchen. Eine Ehe gibt man nicht so schnell auf, schließlich waren wir einmal sehr verliebt."

„Ich bin es noch immer", sagte Maja lachend, „kaum zu glauben."

Er nahm ihre Hand, „bitte, Maja!"

Maja stand auf, drehte sich zu ihm, „Du", sie betonte dieses „Du", „du wirst mich nicht verlassen."

„Ich war sehr verliebt in dich, ich habe einen Mann gebraucht, der mich schützte vor all diesen männlichen Nullen. Du warst der Richtige, ich war stolz auf dich, ich bin es auch jetzt, wenn ich an deiner Seite irgendwo hingehe, alle beneiden mich. Aber dann, wenn die Fragen kommen, wo du bleibst, was du machst, lachen sie, ein Schulmeisterlein, nicht möglich. Inzwischen erfinde ich immer etwas. Aber sie können natürlich auch im Internet lesen, dein Name taucht im Konzern nicht auf. Also? Du weißt nicht, wie peinlich das ist."

Peter blieb stumm, ungläubig, sie schämte sich seiner?

„Nein, du wirst mich nicht verlassen, du hast dich schon viel zu sehr an ein gewisses Luxusleben gewöhnt, 1. Klasse fliegen, die besten Hotels, Designeranzüge, usw., alles ist da. Nein, dieses Leben gibst du nicht auf, du könntest es sogar noch besser haben, bei Papa im Konzern."

Sie sah Peter spöttisch an, „du mit deinem spießbürgerlichen Leben, deinen kleinkarierten Freunden, das willst du nicht wirklich."

Peter fühlte nichts, nicht einmal mehr Zorn, er war ausgesucht worden, geprüft, hatte die Prüfung nicht bestanden.

Was gab es da noch zu reden.

„Wir haben einen Ehevertrag", Peter wandte sich ab, strich sich über die Stirn, er war müde, „ich werde auf alle Ansprüche verzichten, die es geben könnte, Eure Anwälte schaffen sicher eine schnelle, problemlose Scheidung."

Maja setzte sich zu ihm, „also gut, ich bleibe in deiner Nähe in dieser, was sagtest du, Probezeit?"

Sie wollte ihn umarmen, Peter entzog sich, stand auf.

Maja begriff allmählich, sie hatte ihn ernsthaft verletzt, jetzt musste sie sich etwas anstrengen, das Bett würde wohl nicht mehr genügen.

„Nur noch ein einziges Mal fliege ich nach Kapstadt zu Ellen, ich habe es ihr zugesagt, sie zählt auf mich bei diesem Turnier. Aber wenn ich zurückkomme, versuchen wir es noch einmal, versprochen", ein bettelnder Blick, diesmal ernst gemeint.

Peter stand auf, „mach, was du willst, du weißt, um was es geht."

Er verließ das Zimmer, rief Philipp, seinen alten Weggefährten, an: „Hast du was vor? Ich brauche dich, alter Freund."

Peter kam spät zurück, schlief im Gästezimmer, stand früh auf, ging zur Schule, trank unterwegs einen Kaffee. Ein halbes Jahr würde er nicht mehr aushalten.

Peter bat Majas Eltern um ein Gespräch. Sachlich informierte er sie von seinem Entschluss. Sie waren entsetzt, so schlimm war es? Maman hatte sehr wohl bemerkt, wie oft Peter alleine war, ermahnte ihre Tochter mehrmals ernsthaft. Maja aber lachte nur, „keine Sorge, er wird mir treu bleiben, ich habe alles im Griff."

Marc, mit dem Peter joggte, Tennis, Squash, Golf spielte, wenn er in München war, warb um Verständnis für Maja, sie werde sich sicher ändern, sie habe sich schlecht gefühlt in New York das letzte Mal.

„Maja ist dir treu, ihr liegt nichts an anderen Männern, sie reist herum, weil sie ihre Freundinnen treffen will. Ich weiß nicht, was sie antreibt, woher diese ständige Unruhe kommt."

„Sie ist krank."

Marc war traurig, „man kann ihr nicht helfen, solange sie es nicht wahrhaben will."

Nach vier Wochen kam Maja zurück, strahlend wie immer, umgarnte ihn, war liebevoll, spielte die verständnisvolle Ehefrau, erkundigte sich nach der Schule, war bereit Uschi und Philipp zu treffen. Peter schöpfte neue Hoffnung wider besseren Wissens.

In den Osterferien, Besuch aus Südafrika, Ellen,

Majas beste Freundin. Peter begleitete die beiden, kutschierte sie herum. Er war enttäuscht, er wäre lieber mit Maja allein gewesen.

„Was willst du, ich bin doch hier bei dir", Maja wurde leicht ärgerlich, beherrschte sich aber.

Papa und Maman hatten vor, die nächsten Wochen auf ihrem Landsitz in der Provence zu verbringen. „Ich komme mit", sagte Maja, „ich fühle mich so müde."

„Soll ich in den Pfingstferien nachkommen?", fragte Peter.

„Solange will ich nicht bleiben, komm doch mit nach New York, zur Vernissage von Marcs neuem Künstler, nein? Du kannst nicht? Die Schule, deine geliebte Schule. Du lernst es wohl nicht mehr." Maja wandte sich ab, griff zu einem Glas Whiskey. Probezeit, dachte sie verächtlich, er muss sich ändern.

Majas Eltern versuchten sie zu gemeinsamen Pfingstferien in der Provence zu bewegen, allein mit Peter, das würde den beiden guttun.

„Mal sehen", sagte Maja, sie fühlte sich krank, erschöpft, und schon wieder das Hämmern im Kopf.

Kurz vor den Pfingstferien rief Maja Peter an, sie komme zu ihm nach München, Peter blieb zu Hause. Dann zögerte sie die Ankunft hinaus, Peter wartete, schließlich flog sie doch zu Marc, „in zwei, drei Wochen bin ich wieder zurück, rechtzeitig zu den Festspielen in München und Bayreuth", nach einer winzigen Pause fügte sie hinzu, „ich freue mich auf dich, du fehlst mir."

„Da musst du dir einen anderen Begleiter suchen. Am letzten Schultag ziehe ich aus, vorher habe ich kaum Zeit dazu."

„Nein, nein, bitte warte auf mich, ich brauche dich", Majas Stimme klang nach Panik.

Peter schaltete sie ab, nahm ihre Anrufe nicht mehr an.

Ende, das wars.

XI

Umzugskisten standen in Peters Arbeitszimmer, vier hatte er gekauft, das sollte genügen. Er besaß nicht viel, wie er feststellte, Bücher, Golfschläger, Ski, Tennisschläger, Kleider, nur einen Teil wollte er mitnehmen, die vielen Smokinghemden, die unzähligen Krawatten, wozu, er würde auf keine Bälle mehr gehen.

Schon im Januar hatte er ein eigenes Konto eröffnet für seine persönlichen Ausgaben, ließ seinen Gehalt darauf buchen, richtete Daueraufträge ein für seine privaten Versicherungen. Alle gemeinsamen Unternehmungen, alles, was die Wohnung anbelangte, bezahlte er weiterhin über Majas Konto.

Peter sah sich um, was hielt ihn hier?

Er legte seine Rolex, ein Geschenk Majas, in den Tresor, holte die Uhr wieder hervor, die ihm seine Eltern zum 18. Geburtstag geschenkt hatten.

Am Donnerstag, dem ersten Ferientag, wollte er die Kisten zu seinen Eltern bringen, die Schlüssel dem Hausmeister geben.

Maja, Marc, ihre Eltern waren in New York.

Allein, niemand störte ihn.

Die ersten beiden Ferienwochen würde er mit seinen Eltern in einem Golfhotel im Salzkammergut verbringen, dann nach einer Wohnung suchen, die letzte Woche endlich mit Philipp die lang geplante Alpenüberquerung machen. Gute Aussichten.

Wehmütig dachte er an den schönen Familienlandsitz in der Provence, dieses gepflegte Anwesen, die wunderbare Aussicht auf ein blaues Meer, die kleine, uneinsehbare Bucht, wie viele unbeschwerte Stunden hatte er dort mit Maja und Marc verbracht, die wilden Ausritte, die Segeltouren...vorbei, vorbei.

Am Samstag, morgens, sehr früh, klingelte das Telefon, laut, eindringlich, Marcs Nummer, er war entschlossen nicht abzuheben, nicht mit ihm zu sprechen, mit niemandem aus der Familie. Die Klingeltöne hörten nicht auf, schließlich nahm Peter das Gespräch doch an.

„Peter, ich habe gestern schon versucht, dich zu erreichen, du musst nach New York kommen, sofort, ich buche den nächsten Flug für dich. Maja liegt im Krankenhaus."

Peter unterbrach ihn, „wieder eine Abtreibung, ich soll Händchen halten?"

Marc klang gehetzt, besorgt, „nein, nein, es ist wirklich ernst, sie braucht dich, du musst kommen, sie will nur dich sehen!"

„Nein, ich bin gerade am Packen, ich bin nicht mehr zuständig für Maja."

Die Stimme rau, beschwörend, „bitte, Peter, komm, es ist wichtig."

„Nein, was hat sie denn?" Peters Mitgefühl regte sich ein wenig.

„Das will sie dir selbst sagen, ich habe versprochen, es nicht zu tun, etwas muss sie dir doch noch wert sein, trotz allem."

Peter wurde unsicher, was war passiert?

„Ich kann nicht weg, die letzten Tage bis Mittwoch sind immer sehr hektisch."

„Dann komm wenigstens am Mittwoch."

„Also gut, am Mittwoch, am Wochenende fliege ich wieder zurück, ich habe einen Urlaub mit meinen Eltern gebucht."

„Sag mir, welcher Flug, ich hol dich selber ab." Marc war hörbar erleichtert.

Peter legte auf, nachdenklich, wozu brauchen sie mich?

Marc holte ihn ab, umarmte ihn, fast hilfesuchend, nahm Peters Tasche, wirkte geschockt, als ob er sich nur mühsam beherrschte. Sie sprachen wenig, der Chauffeur sollte sie sofort zum Krankenhaus bringen.

„Sie wartet auf dich." Peter nickte.

„Einen Augenblick noch, ich will sie auf dein Kommen vorbereiten."

Nach wenigen Minuten kam Marc wieder heraus, ließ die Türe offen.

Peter sah das Krankenbett, erschrak, Maja? Dieses zarte, dieses fast durchsichtige weiße Gesicht.

Sie hatte die Hände auf die Bettdecke gelegt, lächelte ihn an, „Peter, ich bin so glücklich, dass du gekommen bist."

Peter nahm ihre Hände, küsste sie auf die Stirn, „Maja, was ist passiert?"

„Später", flüsterte sie, „später, bleib ganz nah bei mir, ich möchte dich fühlen."

Peter blieb stumm, er konnte nicht sprechen, Mitleid, Liebe, alles geriet durcheinander.

Das Schweigen kam ihm vor wie eine Ewigkeit, er hatte sie hochgehoben, hielt sie im Arm wie ein kleines Kind.

„Sie geben mir noch ein halbes Jahr, höchstens. Ich habe alle Spezialisten im Lande konsultiert, alle sagen dasselbe, ein bösartiger Gehirntumor, der schnell wächst, inoperabel. Ich wünsche mir, dass du bei mir bleibst." Sie klang sehr ruhig, sehr gefasst.

Alles hatte er erwartet, aber das nicht. Er hielt es kaum aus, musste aufstehen, legte sie sanft zurück, wandte sich ab.

„Du bleibst bei mir?"

Er konnte sie kaum verstehen, nickte nur, setzte sich wieder zu ihr ans Bett.

Sie schloss die Augen. Eine Schwester kam, „sie schläft", sagte sie leise.

Peter ging zu Marc auf den Gang. „Seit wann?", fragte er.

„Sie hat die letzten Monate oft über heftige Kopfschmerzen, Sehstörungen geklagt und starke Medikamente genommen. In der Provence ist sie zusammengebrochen. Papa hat sie ins Krankenhaus gebracht, man hat sie ein wenig aufgepäppelt, schon etwas Schlimmeres vermutet, Maja wollte nach New York, sich dort gründlich untersuchen lassen. Mit den Medikamenten hat sie den Flug durchgestanden in Papas und Mamans Begleitung. Und dann hier die Diagnose. Papa hat mehrere Spezialisten hergeholt, aber keiner wagt eine Operation, keiner kennt irgendeine andere hoffnungsvolle Behandlung, es ist aussichtslos, der Tumor hat sich schon zu tief eingenistet, nach und nach wird er alle Funktionen auffressen."

Nach einer Pause, „du bleibst hier? Es sind ihre letzten Lebensmonate", Marc schlug die Hände vors Gesicht.

„Willst du den Arzt sprechen? Wahrscheinlich ist er noch hier."

Sie gingen den Gang entlang in sein Büro. Der Arzt, ein smarter Mann zwischen 40 und 50, Peter mochte ihn nicht.

„Wir haben eine Bestrahlung versucht, deshalb geht es ihr heute nicht so gut. Wir müssen abwarten, ob weitere Bestrahlungen nützlich sind, ihr Zustand wird wechseln, je nachdem, wohin sich der Tumor ausbreitet. Medikamente können ihre Schmerzen etwas dämpfen. Es tut mir sehr leid."

Er stand auf, gab Peter die Hand.

Peter war ebenfalls aufgestanden, wirkte sehr entschlossen.

„Ich möchte alle bisherigen Untersuchungsergebnisse und die Diagnosen haben, möglichst

gleich."
Der Arzt sah ihn irritiert an. „Natürlich kann ich Ihnen die Dokumente kopieren, aber glauben Sie mir, wir tun alles Menschenmögliche", er zögerte, „ich werde meinen Mitarbeiter entsprechend anweisen."
Er verließ das Zimmer und Peter folgte ihm.
Peter sagte seinen Urlaub ab, rief Philipp an, er kenne sicher Ärzte, denen man vertrauen könne, diesem hier misstraute er. Er dachte an die horrende Rechnung über Majas Abtreibung, ein halbes Jahr Behandlung würde ihm ein Vermögen einbringen.
Peter verbrachte jeden Tag im Krankenhaus, manchmal konnte sie aufstehen, sogar ein wenig spazieren gehen, wirkte gelöst, beinahe fröhlich, manchmal war sie nicht ansprechbar, auch wegen der Medikamente.
Nach vier Wochen hatte Peter genug vom Krankenhaus.
„Hier wirst du nicht gesund, komm mit nach Hause. In München gibt es renommierte Spezialisten. Wir können dir die bestmögliche Pflege einrichten, du bist dann wenigstens in deiner vertrauten Umgebung."
Maja lächelte resigniert, „wozu, ich brauche nichts mehr."
„Doch, es wird dir besser gehen, du musst aber auch mitkämpfen, leben wollen, hier, in diesem Krankenhausmief kannst du nicht bleiben." Schon

gar nicht bei diesem Lackaffen von Arzt, dachte Peter.

Majas Freunde, die Verwandten erkundigten sich nach ihr, drückten ihr Bedauern aus, schickten Blumen, besuchten sie nicht, fanden Ausreden.

Man hielt Familienrat, die Eltern waren dafür, Marc atmete auf, ein kleiner Hoffnungsschimmer, oder wenigsten ein bisschen Lebensfreude für Maja.

Peter sollte ein paar Tage vorher fliegen, um die Wohnung vorzubereiten, Krankenschwestern zu engagieren. Philipp hatte jede erdenkliche Hilfe zugesagt, Arzttermine vorbereitet.

Peter sprach lange mit seinem Chef. Man konnte in der Kürze der Zeit keinen Ersatz für ihn bekommen. Schließlich fanden sie eine Lösung, zwölf Stunden auf zwei Tage verteilt, das sollte gehen. Die übrigen Stunden mussten vom Kollegium aufgefangen werden.

Der Chef rief Lili an, die Personalratsvorsitzende. Sie war sofort bereit, eine Klasse zu übernehmen. Sie beriet sich mit Susanne, „für Peter mache ich das natürlich, Stefan hat sowieso kaum Zeit, da kann ich auch Überstunden machen." Sie übernahm eine Deutschklasse, Peters übrige Schüler wurden aufgeteilt.

Wieder in München verbrachte die Familie so viel Zeit wie möglich mit Maja, Marc versuchte ihr jeden Wunsch zu erfüllen.

Wenn es ihr gut ging, fuhr Peter sie zu allen Orten, an denen sie zusammen glücklich gewesen waren. Sogar auf den Landsitz in der Provence konnten sie mit einer Privatmaschine samt Krankenschwestern fliegen. Regelmäßig musste sie ins Krankenhaus, manche Behandlungen halfen, andere nicht.

Sie schenkte ihm zum Geburtstag einen Jaguar, Marc hatte das Auto besorgt.

„Damit du mich besser herumkutschieren kannst", sagte sie und übergab ihm die Schlüssel. Bisher benutzte er ein Auto aus dem Fuhrpark der Familie, Versicherung, Steuern, Wartung wurden aus einem Fond bezahlt.

Peter wollte dieses Geschenk nicht, er hatte vor, sich ein eigenes Auto zu kaufen, ein einfaches Gefährt, auf seinen Namen ausgestellt, für das er selbst aufkam.

„Ich verdiene genügend", sagte er, es war Zeit, allmählich finanziell unabhängig zu werden.

Maja widersprach, ließ das Auto auf seinen Namen überschreiben, „damit du zufrieden bist."

Sie redeten viel miteinander, fühlten sich nah, wie selten zuvor.

Jetzt war Maja die Abgeklärte, die mit heiterer Gelassenheit ihrem Lebensende entgegensah. Das Leben könne ihr nichts mehr bieten, denn sie habe bereits alles gehabt, Spaß, Erfolg, Liebe, eine einzigartige Familie, den besten Ehemann, sie habe stets alles für selbstverständlich gehalten, erst jetzt sei ihr bewusst geworden, wie sehr sie ihre liebsten Menschen gekränkt habe durch ihr Verhalten, besonders ihm habe sie das Leben schwer gemacht. „Ich weiß, was schief gelaufen ist zwischen uns, ich war nicht die Frau, die du verdient hast." Peter brach diese Gespräche regelmäßig ab. Es sei genug, sagte sie leise, sie wünsche sich schmerzfreie, glückliche letzte Tage oder Wochen. Wie lange noch? Das stehe nicht in ihrer Hand. Peter litt darunter, dass er sie nicht zum Leben ermutigen konnte, dass sie nicht kämpfte.

Ihre engsten Freundinnen in aller Welt, bei denen sie so viel Zeit verbracht hatte, besuchten sie, die nicht mehr reisen konnte, nicht, sie hatten anderes zu tun. Maja war traurig, sie veranlasste, jeder ein persönliches Andenken zu schicken, verschenkte ihre Designerkleider. Auch von ihrer Münchner Clique ließ sich niemand blicken, obwohl es bis zur vorletzten Woche ihres Lebens durchaus gute Phasen gab und sie sich über jede Anteilnahme gefreut hätte. Nur Philipp und Uschi kamen häufig, sie gingen zusammen aus, wenn Majas Zustand es zuließ.

Mit Hilfe von Papa und seinem Einverständnis verfassten die Anwälte eine Schenkungsurkunde, in der sie ihre Wohnung, ihre Mitgift, ihre Anteile am Konzern Peter überschrieb. Vor dem Notar sollte auch Peter unterschreiben, aber Maja brach in diesem Büro halbwegs zusammen, musste nach Hause gefahren werden. Peter las das Dokument nicht, unterzeichnete es rasch und trug sie vorsichtig ins Auto.

Sein Freundeskreis im Kollegium behandelte ihn behutsam, Lili und Susanne nahmen ihm alle zusätzlichen Verpflichtungen ab. Am Dienstag hatte er vormittags und nachmittags Unterricht. Über Mittag trank er meist Tee mit Susanne, nachdem er festgestellt hatte, dass sie selten zum Essen ging, um Geld zu sparen. Schließlich brachte sie nicht nur für sich, sondern auch für ihn belegte Brötchen mit.

Es gab einen offiziellen Grund für diese Treffen, ihn über alles, was er wissen musste, zu informieren, schließlich führte sie bei jeder Sitzung der Arbeitsgemeinschaften Protokoll. Peter aber suchte Nähe. Er erzählte von Majas Zustand, von seinen Sorgen um sie, seinem vergeblichen Bemühen, ihren Lebenswillen zu stärken. Manchmal legte Susanne nur ihre Hand auf seine, sie schwiegen, was konnte sie für ihn tun?

Peter war ihr dankbar.

Majas positive Intervalle wurden seltener, sie brauchte mehr Medikamente, die sie in einen komaartigen Zustand versetzten. Einige Organe funktionierten weniger und weniger, nur das Herz blieb stabil.

Eines Nachts musste sie ins Krankenhaus gebracht werden. Die Ärzte schüttelten den Kopf, zwei Tage blieb die Familie an ihrem Bett. Einmal noch schlug sie die Augen auf, Peter nahm sie in den Arm, sie starb.

Peter kam sich verloren vor, er konnte ebenso wenig zur Vorbereitung der Beerdigung beitragen, wie zu seiner Hochzeit.

Es war eine große, traurige Beerdigung nach jüdischem Ritus, alle Mitglieder des Clans reisten an, nur Peters Verwandte aus den entfernteren Gegenden Deutschlands kamen nicht, sie fanden Gründe.

XII

Endlich, Stefan war fertig mit seinem Aufbaustudium. Die Eltern kamen zu Besuch, die jüngere Schwester Helen.

Für Stefan gab es keine Ausrede mehr, er musste Susanne als seine „Beziehung" vorstellen, er konnte sie nicht länger verschweigen.

Die Eltern nahmen es kühl auf.

„Du spielst Tennis?", fragte Helen, sie lächelte spöttisch, also keinerlei Sport, dann ist das nicht die richtige Partnerin für ihren Bruder.

Stefan bewarb sich bei einem amerikanischen Unternehmen in der IT-Branche mit Sitz in Frankfurt, er sollte zwar hauptsächlich in der deutschen Niederlassung arbeiten, aber mehrfach im Jahr einige Wochen in der New Yorker Zentrale verbringen.

Als die Zusage kam, lachte er übermütig: „Jetzt kannst du mit der Pille aufhören, lass uns testen, ob wir auch Kinder zustande bringen."

Susanne wollte eigentlich lieber erst heiraten.

„Du wirst sowieso nicht gleich schwanger, das siehst du doch an deinen Freundinnen, bis das endlich klappt, sind wir längst verheiratet."

Susanne gab wieder einmal nach, wurde sofort schwanger.

Er kam wie immer am Wochenende, sie bestand darauf, dass er nicht mit seinen Freunden klettern ging, sondern bei ihr blieb, um die zukünftige Elternschaft gebührend zu feiern. Man sah es ihm an, Stefan gab nur vor begeistert zu sein. Ein Kind, das hätte doch noch warten können. Der Vorschlag, die Pille abzusetzen war doch nicht ernst gemeint, das hatte er nur so gesagt, aus Freude über den neuen Job, als Zukunftsvision. Susanne war schließlich ein erwachsener Mensch, sie hätte es auch ablehnen können. Oder wollte sie unbedingt ein Kind?

„Sofort zu heiraten macht keinen Sinn. Nach dem halben Jahr Probezeit, weiß ich noch nicht, ob ich in dieser Firma bleibe, ob wir in die USA gehen, oder wo wir sonst landen. Es ist besser, du bleibst in München in deiner gewohnten Umgebung während der Schwangerschaft, das Kind kommt in Ruhe zur Welt, bis dahin ist unsere Zukunft klar, wir feiern dann Taufe und Hochzeit zusammen. Heute ist das üblich." Er tätschelte ihr Gesicht, „schau doch nicht so traurig, es wird schon alles gut."

Susanne, enttäuscht, verletzt, mitgenommen von der morgendlichen Übelkeit, hatte nicht die Kraft auf eine sofortige Heirat zu bestehen, wollte auch nicht so kleinbürgerlich, so spießig aussehen.

Das war der erste Streich, dachte sie viele Jahre später, sie hätte es wissen müssen, auf sein Wort war kein Verlass.

XIII

„Du siehst gut aus", Lili sah sie an, „ein sichtbares Bäuchlein, etwas rundlicher im Gesicht, steht dir gut." Susanne fühlte sich eigentlich wohl, sie war im siebten Monat. Stefan kam jedes Wochenende. „Ein Baby kann ich mir gar nicht vorstellen, aber auf später freue ich mich, wenn man mit dem Kind etwas anfangen kann", sagte Stefan. Sein Kind würde das erste sein in der Familie, nachdem die Schwestern bisher „nichts zustande gebracht haben."
Abwechselnd blieb er bei ihr, benahm sich rücksichtsvoll, kaufte ein, ging mit ihr spazieren. Dann wieder verabredete er sich samstags mit seinen Freunden zum Klettern, Wandern wie früher, er brauche diesen Ausgleich in seinem stressigen Job. Meistens fuhr er am Sonntag gegen elf zurück nach Frankfurt, „um die Woche vorzubereiten". Susanne akzeptierte das halbwegs, weil auch sie für die ganze Woche vorarbeitete. Dennoch beschlich sie manchmal ein vages Gefühl des Zweifels.

Die Hochzeit der älteren Schwester stand bevor.

„Durch halb Deutschland zu fahren, ist viel zu anstrengend für dich", sagte Stefan, „die Verwandten wirst du alle bei unserer Hochzeit kennenlernen, du versäumst nichts."

Wie das aussieht, dachte er, eine schwangere Freundin, sein Ruf wäre dahin bei diesen konservativen Verwandten, auf die blöden Kommentare konnte er verzichten.

Susanne blieb zu Hause. Stefan kaufte einen silbergrauen Golf, ein Jahr alt, weil Susanne ihr Auto ihm nicht mehr lieh für seine Touren.

„Da passt auch ein Kinderwagen hinein", Stefan klang sehr zuversichtlich.

Susanne unternahm vor der Geburt noch so viel wie möglich, nachher würde das Baby im Mittelpunkt stehen. Sie ging in Ausstellungen, ins Kino, zum Italiener mit Lili und ihren Freunden aus dem Kollegium.

Auch jetzt war sie in einer Buchausstellung gewesen und wollte bei Beck, der die größte Auswahl hatte, eine CD für Lili zum Geburtstag kaufen.

Etwas unschlüssig stand sie vor dem Ladentisch, blickte auf, das war doch Sven, Stefans Freund, mit dem er heute herumkletterte.

Auch er sah auf, lächelte, „hi Susanne, nett dich wieder mal zu sehen, wie gehts, alles in Ordnung?"

Er kam um den Ladentisch herum, umarmte sie kurz.

„Du bist heute nicht mit den anderen ins Kaiser-

gebirge gefahren?"
Svens Miene verdunkelte sich, „du weißt es also nicht!"
„Was sollte ich denn wissen, bist du krank?"
„Hast du Zeit für einen Kaffee?", Sven sah sie traurig an.
Sie fanden ein ruhiges Plätzchen im „Kreuzkamm".
Susanne kannte ihn als einen fröhlichen Burschen, der ständig gut drauf war, was er wohl hatte?
„Erinnerst du dich, es ist schon einige Monate her, als wir an diesem langen Wochenende in Südtirol waren?"
„Ja, Stefan musste mit dem Zug zurückfahren, irgendwas war kaputt."
„Kaputt ist gut gesagt", Sven lachte bitter auf.
„Wir kamen von einer sehr schönen Tour zurück, bestes Wetter. Wir drei wollten noch ein bisschen lifteln, es war noch früh genug, aber Stefan und Carolin, du erinnerst dich, meine damalige Freundin?"
„Ja natürlich, sie war die einzige von uns, die mit Euch Männern mithalten konnte."
Susanne lächelte.
„Die beiden also wollten lieber vor der Hütte sitzen. Wir sind auf die Piste, dann, als wir in die Gondel steigen wollten, habe ich gemerkt, kein Skipass, ich hatte ihn im Zimmer vergessen. Ich also zurück zur Hütte, die Treppen hoch. Es war

nicht abgeschlossen, na ja, was soll ich sagen, sie lagen im Bett und voll in Aktion. Sie haben mich nicht sofort bemerkt, Carolin lachte laut auf und zog sich die Decke über den Kopf, Stefan sah reichlich bedeppert drein."

Susanne hörte die Worte, verstand aber nicht so recht was sie hörte. Stefan und Carolin?

„Ich bin wieder runter und habe erst einmal einen gekippt, dann noch einen, beim dritten sagte der Wirt, ‚wenn du dich jetzt besäufst, wird's auch nicht besser'."

Die letzte Gondel ins Tal sei um fünf gegangen, er habe weg gewollt, nur weg, er hätte die beiden keine Sekunde länger ertragen. Carolin sei herunter gekommen, habe sich neben ihn gesetzt, jetzt wisse er es, er solle kein Drama daraus machen, Stefan sei nur ein guter Kumpel, ihre Worte.

Er habe wissen wollen, wie lang das schon gehe.

„Na ja, schon eine Weile", sei ihre Antwort gewesen.

Susanne fühlte nichts, sie beobachtete sich selbst, nichts tobte in ihr.

„Ich bin dann ins Zimmer, hab meine Sachen gepackt und ab ins Tal, wir waren mit meinem Auto da. Es war mir völlig wurscht, wie die anderen nach Hause kommen, mein Hirn war absolut leer, ich bin einfach losgefahren."

Sven blieb eine Weile stumm, er kämpfte immer noch mit dieser Geschichte.

„Du weißt ja, dass Carolin mit einer Kollegin ei-

ne Zwei-Zimmer-Wohnung teilt. Die Kollegin war am Sonntag meistens nicht da, dann ist Stefan wohl zu ihr in ihre Wohnung gegangen, so gegen elf und bis Montagmorgen geblieben. Ich hatte regelmäßig Nachtdienst am Wochenende, oder sie hat mir irgendeine Geschichte erzählt, das mit Stefan habe ich nicht geahnt."
Susanne würde gleich einen Lachkrampf bekommen, das gibt es doch nur im Kino.
„Einzelheiten weiß ich von der Kollegin, zu der hab ich immer noch einen guten Kontakt. Ich sehe Carolin kaum mehr, die Firma ist so groß, dass man sich aus dem Weg gehen kann. Sie ist Abteilungsleiterin bei den Sicherungssystemen, deshalb muss sie stets erreichbar sein, auch im Urlaub. Es gibt da ein Buch, das mehr oder weniger eingeschlossen wird, und da stehen eben diese Daten drin, an manchen Wochenenden neben ihrer auch Stefans Handy-Nummer und seine Frankfurter Adresse, sie hat ihn da offensichtlich öfters besucht."
Immer wenn er so viel Arbeit hatte und nicht nach München kommen konnte, und ich sitze da und bin schwanger, dachte Susanne.
Sie hatte das Gefühl, Svens Worte fallen durch sie hindurch, nur die schweren Brocken bleiben bei ihr hängen, wie in einem Sieb, das voller und voller wird. Sie rührte unentwegt in ihrem Tee.
„Susanne, du bist ganz blass, geht's dir nicht gut? Ich hätte es dir doch nicht erzählen sollen, so

ohne Vorbereitung. Ich weiß, wie beschissen du dich jetzt fühlst."

„Nein, das weißt du nicht", flüsterte sie.

„Du siehst aus, als ob du gleich umkippst, bist du mit dem Auto da?"

Susanne schüttelte den Kopf, stand auf wie in Trance.

„Was wirst du jetzt tun?"

Sie zuckte hilflos die Schultern, „dem Kind darf nichts passieren."

Sven schrieb seine Nummer auf, „wenn du Hilfe brauchst, egal was, ich helfe dir gerne, auch wenn du wissen willst, ob die beiden sich weiterhin treffen, wir können das leicht feststellen, die Kollegin ist auf meiner Seite."

Er begleitete sie zum Taxistand, heute leistete sie sich diesen Luxus.

„Es ist so ein beschämendes Gefühl, betrogen zu werden, nach meiner Erfahrung wird es besser, wenn man seine Verletzungen in Zorn verwandeln kann. In dem Stadium bin ich im Augenblick und irgendwann werde ich alles vergessen haben. Das würde ich dir auch wünschen."

Susanne sah ihn an und begriff kaum, was er sagte. „Danke!"

Zu Hause blieb sie eine ganze Weile reglos auf dem Küchenstuhl sitzen, dann ging sie ins Schlafzimmer, raffte sein Bettzeug zusammen und warf es ins Wohnzimmer. Sie eilte zur Toilette und erbrach sich, das Würgen hörte nicht auf.

Schließlich stand sie mühsam auf, ließ kaltes Wasser über Gesicht und Hände laufen und rief Lili an: „Kann ich zu dir kommen?"

Lili erschrak, das klang nicht gut, „soll ich dich abholen?"

„Nein, das muss nicht sein, die frische Luft wird mir gut tun, bis gleich."

Als Lili die Türe öffnete, musste Susanne sich festhalten, sie führte sie zur Couch und dann endlich brach es aus ihr heraus, sie schluchzte, zwischen den Tränen konnte sie Lili mühsam erzählen, was sie gehört hatte. Lili deckte sie vorsichtig zu, kochte Tee.

„Wir müssen überlegen, wie es weitergeht, wann kommt Stefan in der Regel nach Hause?"

„Meistens ruft er an, dass er später kommt, gegen neun."

„Hast du das Handy dabei?"

Susanne kramte in ihrer Tasche.

„Dann schalte es aus, du bist in den nächsten Stunden nicht erreichbar."

Susanne lag apathisch da, wie konnte sie nur so naiv sein, so ohne jedes Mistrauen, wenn er kaum noch Zärtlichkeiten wollte, wenn er sonntags so früh aufbrach, geht es denn dümmer? Zorn ist gut, hatte Sven gesagt.

Wieder kamen die Tränen.

„Gegen zehn, elf bringe ich dich nach Hause, wir werden sehen, ob Stefan sich Sorgen gemacht hat. Wenn du dich stark genug fühlst, stellst du ihn sofort zur Rede, aber morgen früh wäre es wahrscheinlich besser. Du musst dir überlegen, ob du ihn behalten willst, dann stellst du Bedingungen, wenn nicht, dann wirf ihn gleich raus."

Susanne fühlte sich leer, unfähig über irgendetwas nachzudenken. Sie brauchte Zeit, im Augenblick wusste sie nicht, was sie wollte.

Lili öffnete Susannes Wohnungstüre, Stefan kam ihnen entgegen: „Wo warst du denn, ich habe mir schon Sorgen gemacht."

Susanne konnte mit Mühe ein hysterisches Lachen unterdrücken.

Lili stand unschlüssig im Gang.

„Was hat sie denn, geht es ihr nicht gut?" Lili schüttelte nur den Kopf.

Susanne ging ins Schlafzimmer, sah das Bettzeug wieder dort, packte alles zusammen und warf es zurück ins Wohnzimmer, sie wandte sich an Lili, „ich danke dir für alles", umarmte sie und verschwand im Bad.

Nur jetzt nicht weinen, cool bleiben, Stefan klopfte an die Türe, Lili war gegangen, „Susanne, mach doch auf!"

Das kalte Wasser beruhigte sie. Sie zog sich aus, kam heraus.

„Ich habe heute Sven in der Stadt getroffen."

XIV

Stefan hatte Susanne fest versprochen zur Geburt des Kindes da zu sein. Er wollte in der Woche des voraussichtlichen Termins Urlaub nehmen, obwohl es schwierig sei im Augenblick.

Nachdem sie die Geschichte mit Carolin erfahren hatte, gab er sich sehr zerknirscht: „Susanne, bitte, es ist wirklich nur eine Affäre, ich liebe dich, freue mich auf unser Kind." Er schaute sie bettelnd an, wollte sie an sich ziehen. Susanne widerstand.

„Carolin ist bloß eine gute Sportkameradin, nur du zählst für mich."

Und jetzt sei es vorbei.

Susanne glaubte ihm nicht, versuchte unbeeindruckt zu wirken, fürchtete, diese Aufregungen würden dem Kind schaden.

„Ich wollte dich schonen, dir ging es doch so schlecht, aber schließlich, ein Mann hat auch Bedürfnisse..." Und so sei es eben zu dieser Bettgeschichte gekommen.

Susanne dachte daran, wie sie sich manchmal nach seiner Nähe gesehnt hatte, vielleicht hätte sie deutlicher werden sollen?

Schließlich bat er sie um Verzeihung und kündigte ihre baldige Heirat an, „sobald du dich einigermaßen von der Geburt erholt hast."

Bis zu seinem Urlaub kam er jedes Wochenende, blieb in München bis Montagmorgen, kaufte mit Susanne den Kinderwagen, eine Erstausstattung und alles, was so nötig war, bezahlte mit seiner Kreditkarte. Susanne staunte, und nahm sein Bemühen endlich ernst.

Manchmal sah man ihm an, er langweilte sich an diesen Wochenenden, ging einige Male in die Stadt, um Computersachen zu kaufen, wie er sagte, blieb drei bis vier Stunden, kam mit Socken wieder.

Eines Tages kam seine Schwester Helen zu Besuch, die mittlerweile auch in Frankfurt wohnte, nächtigte auf ihrer Couch. Sie hatte eine Freundin in München, die einen runden Geburtstag feierte.

Am Freitagabend fragte sie: „Kannst du einen Tag auf Stefan verzichten, ich würde so gerne mit ihm mal wieder eine lange Wanderung machen, ich passe auch gut auf ihn auf."

Susanne verzichtete, blieb misstrauisch, vor allem als sie sah, in welcher Ausrüstung Helen eine längere Bergwanderung machen wollte.

„Es ist nur eine Wanderung, keine Kletterei, wir sind auch bald wieder zurück."

Stefan kam ziemlich spät zurück, „ich habe Helen schon zu ihrer Freundin gefahren." Er schien sehr vergnügt, Susanne ließ ihn sitzen und ging ins Bett.

Vor der Urlaubswoche reiste er schon am Donnerstag aus Frankfurt an, „beim ersten Kind weiß man den Termin nie so genau", sagte er zur Erklärung.

Susanne war froh über seine Gesellschaft, in diesen letzten Tagen vor der Geburt würde er sie entlasten.

Mit den wahren Gründen seines Kommens rückte er am Freitag heraus.

„Susanne, zwei Kollegen aus Frankfurt haben für nächste Woche ein Hotel gebucht in der Nähe der Seiseralm, ein dritter fällt aus und deshalb haben sie mich gefragt, ob ich nicht ein paar Tage dazu kommen könnte."

„Nein!"

Stefan schaute sie an, liebevoll, wie er glaubte.

„Es ist nicht allzu weit, ich wäre zurück, sobald sich die ersten Wehen ankündigen - ein Anruf, und ich bin da."

„Nein!"

Susanne spürte das Kind, das „Nein" musste genügen!

Stefan überlegte eine neue Strategie, sie muss doch rumzukriegen sein.

„Wenn das Kind erst da ist, können wir beide für eine Weile nichts mehr unternehmen, lass mich noch ein letztes Mal in die Berge gehen, das Wetter ist optimal. Das Handy bleibt die ganze Zeit an, in drei Stunden wäre ich wieder in München, bitte Susanne, sei nicht so streng mit mir."

Susanne hatte keine Kraft mehr für Widerstand, sie kam nicht gegen ihn an, er würde gehen, oder

es ihr ständig vorwerfen.
Sie sagte nichts.
„Also gut, ich fahre morgen früh und bin in ein paar Tagen wieder da."
Susanne stand auf, legte sich wieder hin.
„Brauchst du noch etwas, kann ich etwas besorgen?"
Susanne schwieg, schloss die Augen.
Stefan setzte sich zu ihr.
Neue Argumente fielen ihm nicht ein.
Der Abend verlief ziemlich schweigsam, Stefan ging früh zu Bett.
Susanne blieb wach.

Als Stefans leises Atmen seinen tiefen Schlaf anzeigte, stand sie langsam auf und durchsuchte seine Jacke, seinen Anorak, seine Brieftasche, in seiner Laptoptasche wurde sie fündig:

Ein Umschlag mit der Rechnung und Quittung über die Buchung eines Doppelzimmers in einem 5-Sternehotel auf der Seiser Alm, der Voucher auf Stefans und Carolins Namen ausgestellt, Touristenpässe für Seilbahnen.

Susanne hatte noch nie in Stefans Sachen gewühlt, und heute? Ein Tabubruch!

Sie blieb seltsam kühl, vernünftig, war nicht einmal überrascht. Sie kopierte die Unterlagen, legte alles wieder an seinen ursprünglichen Platz. Auf ihrem Schreibtisch stand Stefans Foto, er lachte sie an. Das war der Mann, mit dem sie ihr Leben hatte teilen wollen.

Zusammengesunken blieb sie sitzen, sie würde ihre ganze Kraft für die Geburt brauchen, wie sollte sie das schaffen. Der Beruhigungstee half nicht, sie wanderte hin und her, unruhig, aufgedreht. Gegen Morgen schlich sie sich leise ins Schlafzimmer, nahm den Wecker auf Stefans Seite, stellte den Alarm aus.

In ihrem Bett übte sie die Atemzüge, die sie für die Geburt gelernt hatte.

Stefan wachte auf, sah auf die Uhr. „Verdammt", sprang aus dem Bett, geräuschvoll, ins Bad, kam zurück, „könntest du mir Kaffee machen, ein Brot schmieren und Tee für die Thermosflasche, bitte!"

Susanne drehte sich auf die andere Seite.

Mit Lili konnte sie nicht sprechen, sie begleitete Austauschschüler in die USA für etwa sechs Wochen.

Auch mit ihrer Mutter nicht, sie war im Urlaub, „wenn Stefan da ist, brauchst du mich nicht, ich nehme nächste Woche frei und kümmere mich um euch", sie freute sich auf das Enkelkind.

Lili hat recht, dachte sie, ich muss mich entscheiden, ob ich ihn überhaupt noch will, aber nicht jetzt.

Ich darf mich vor der Geburt nicht aufregen, sie wiederholte diesen Satz wie ein Mantra.

Stefan war sauer, nichts war vorbereitet, er setzte sich zu Susanne aufs Bett.

„Susanne, jetzt sei doch nicht so beleidigt, ich

rufe dich an, sobald ich da bin."
„Wo fährst du hin?"
„Ich muss gehen, ich bin spät dran."
Sein Handy klingelte, er sah nach der Nummer und schaltete es ab.

Carolin wird ungeduldig, mit Mühe unterdrückte Susanne ihre Schadenfreude.
„Ort und Hotel, du weißt nichts?"
„Sei nicht albern, wenn etwas ist, ruf auf dem Handy an."
„Den Ort wenigstens, damit ich dich suchen lassen kann!"
Widerwillig sagte Stefan, „Hotel Belvedere auf der Seiser Alm."
Er beugte sich über sie, sein Kuss verrutschte, er stand auf, „pass auf dich auf."
Susanne prüfte die Babysachen, den kleinen Koffer, den sie mitnehmen wollte, las noch einmal alles über die Geburt.
Die Zeit verging, Susannes Stimmungen schwankten ständig zwischen Verzweiflung und Trotz. Am Samstag, am Sonntag rief Stefan an, am Montag nicht, am Dienstag wieder.
„Wie gehts, ist alles in Ordnung? Noch keine Wehen? Gestern war es schon so spät, da wollte ich dich nicht mehr stören. Tolles Wetter hier, hervorragende Steige."
Susannes „Ja, nein" nahm er kaum zur Kenntnis.
Am Mittwochmorgen gegen fünf Uhr spürte sie

ein leichtes Ziehen, um acht ließ sie sich in die Klinik fahren, der Taxifahrer trug ihren Koffer bis zur Entbindungsstation. „Alles Gute", er lächelte, „meine vier Enkelkinder sind auch hier geboren."
Am Abend, gegen zehn war das Kind da, ein gesunder Junge. Ihre Probleme? Wie weggeblasen, sie fühlte das Neugeborene auf ihrem Bauch, streichelte es und war seit langem wieder einmal glücklich.

Kind und Mutter wurden versorgt und in ein Krankenzimmer gebracht.

Sie betrachtete ihren Sohn, „du und ich, wir schaffen das schon, wir brauchen keinen Vater."

Am Donnerstag um halb sieben Uhr morgens rief sie im Hotel an, es sei sehr wichtig, der Nachtportier gab ihr die Durchwahlnummer des Zimmers.

Carolin, schlaftrunken, fauchte in den Hörer: „Wissen Sie, wie spät es ist? Eine Unverschämtheit, uns so früh zu stören!"

Peng, aufgelegt, noch ehe Susanne etwas sagen konnte.

Oh ja, sie kannte die Stimme gut, sie rief noch einmal das Hotel an und hinterließ eine Nachricht.

„Wer war das?" fragte Stefan.

„Weiß nicht, falsch verbunden, irgendein Idiot."

Susanne konnte es nicht sein, sagte er sich, sie würde auf dem Handy anrufen, er hatte wohlweislich nur vage den Namen des Hotels genannt, keine Adresse, keine Telefonnummer.

Die junge Mutter schlief vor Erschöpfung ein, die Schwestern versorgten das Baby.
Niemand rief an.
Der Arzt kam, war sehr zufrieden, aber Susanne brach in Tränen aus. Die Hebamme tätschelte ihren Arm, „es wird schon wieder, junge Mütter sind manchmal sehr mitgenommen."
Der Arzt sprach von einer postnatalen Depression und verordnete ein Antidepressivum.
Susanne wurde zornig, sie war nicht depressiv, wollte unbedingt den Arzt noch einmal sprechen in seinem Zimmer. Erstaunt bat er sie Platz zu nehmen. Susanne erzählte den wahren Grund ihrer Tränen. Er ließ sie ausreden.
„Ich darf Ihnen eigentlich keinen Rat geben, aber trennen Sie sich von dem Mann. Sie haben ein wunderbares Kind, sie sind jung, sie haben einen sicheren Beruf, Sie werden gut zurechtkommen."
„Kann ich übers Wochenende hierbleiben, ich will ihn nicht sehen!"
Der Arzt konnte bis Montag einen medizinischen Grund für ihren Klinikaufenthalt finden.
Susanne fühlte sich besser, nahm das Baby auf den Arm, mochte sich nicht trennen.
Ich werde dich Thomas nennen, und Maximilian nach meinem Vater, Thomas Maximilian Lenzing, das klingt gut.
Mit Stefan hatte sie besprochen Daniel Walter, nach seinem Vater und seinen Familiennamen.
„Das ist praktischer, dann brauchen wir bei unse-

rer Hochzeit den Namen nicht mehr ändern", argumentierte er.

Am Freitagmorgen rief Stefan an. Es tue ihm so leid, das Handy sei aus gewesen, er habe es erst aufladen müssen. „Wie geht es dir, alles in Ordnung?"
„Ich habe einen Sohn bekommen, am Mittwoch, um 22.13 Uhr."
Pause.
„Dann habe ich alles verpasst?"
Pause. Nur jetzt nicht das Falsche sagen.
„Ging es gut? Ihr beide seid gesund?"
Susanne sagte nichts.
„Warum hast du nicht angerufen, wie gerne wäre ich dabei gewesen", keine Antwort, „ich freue mich so über unseren Sohn."
Stefan hatte wirklich ein schlechtes Gewissen, er hatte gehofft, der Termin würde sich verzögern.
„Es macht nun keinen Sinn mehr sofort nach Hause zu kommen, ich fahre morgen in aller Ruhe nach München. Ich weiß dich ja gut versorgt im Krankenhaus."
Er redete und redete, Susanne legte das Handy auf den Nachttisch, nach einer Weile schaltete sie es einfach aus.

Ihre Mutter rief an, erkundigte sich genau, gratulierte, „Thommy nennst du ihn, das ist viel besser als Daniel", sie kündigte ihren Besuch am Sonntag an.

Stefan trudelte am Samstagnachmittag ein, wollte Susanne umarmen, sie entzog sich.

Wie müde sie aussah, die Geburt war wohl sehr anstrengend gewesen, und er hatte ihr nicht beigestanden.

„Das ist also mein kleiner Sohn." Er hatte noch nie ein Baby wirklich betrachtet, „So klein? Wann kann man ihn auf den Arm nehmen?"

„Gar nicht", Susanne funkelte ihn zornig an, „ich habe am Donnerstagmorgen mit Carolin gesprochen."

Stefans Lächeln verschwand.

„Susanne, es ist nicht so, wie es aussieht, bitte lass dir erklären…"

„Hau ab, was willst du hier!"

„Susanne, wir müssen miteinander sprechen!"

„Verschwinde endlich!"

Stefan stand unschlüssig da, wandte sich dem Bettchen zu, Susanne schob es weg.

„Lass das!"

„Wann kommst du nach Hause", vielleicht konnte er etwas wenigstens wieder gut machen.

„Susanne, es tut mir so leid."

Besser er ging jetzt, er musste sich eine hieb- und stichfeste Erklärung überlegen.

Er war geknickt, wie konnte sie von Carolin wissen, er hatte so vorsichtig geplant.

Carolin lachte nur, als er sie traf, „wie kann man nur so dumm sein, so unbedarft wie Susanne. Ich hätte dir nie geglaubt und würde dich auch niemals heiraten. Du bist ein guter Kumpel in jeder

Beziehung, aber vielleicht auch ein bisschen naiv." Stefans Stimmung war nun endgültig verdorben.

Am Sonntagmorgen besuchte er Susanne und das Baby, konnte aber nicht richtig mit ihr sprechen, denn inzwischen lag eine weitere junge Mutter im Zimmer, umgeben von dem glücklichen Vater, den glücklichen Großeltern.

„Ich gehe jetzt und nächstes Wochenende, wenn ihr beide zuhause seid, werde ich dir alles erklären. Glaub' mir, es ist wirklich ein Missverständnis."

Stefan ging und Susannes Mutter kam, sie begegneten sich nicht.

XV

Peter hatte Susanne wenige Tage nach der Geburt Thommys in der Klinik besucht, als Personalrat die Glückwünsche der Kollegen überbracht.

Er durfte das Baby auf den Arm nehmen, so leicht, so klein. Die Schwester hatte ihm einen weißen Kittel gegeben, sie hielt ihn für den Vater, zeigte ihm, wie man das Kind sicher hält.

Weder Peter noch Susanne protestierten, plötzlich brach Susanne in Tränen aus. Einen solch liebevollen Vater hätte sie sich gewünscht, die ganze Misere ihrer Situation wurde ihr bewusst. Die Schwester nahm ihm das Kind ab, er solle sich um die Mutter kümmern. Peter betrachtete sie hilflos, was konnte er tun?

Sie beruhigte sich langsam, lächelte unter Tränen, „deine Armani-Jacke ist wahrscheinlich ruiniert durch Thommys Spuckerei, „entschuldige bitte, es kommt nicht wieder vor."

Peter lachte, „sonst hast du keine Sorgen!"

Er berichtete von der Schule, lenkte ab, heiterte sie auf.

Auf dem Nachhauseweg dachte er an Maja, vor einem Jahr und neun Monaten war sie gestorben. Vielleicht war es gut, dass sie kein Kind wollte, hätte er ihm Vater und Mutter sein können? Wäre ihre Ehe gut gegangen, wenn sie wieder gesund geworden wäre? Es war müßig darüber nachzudenken, seine Gedanken kehrten zu Susanne zurück, wie blass, wie erschöpft sie ausgesehen hatte.

Seine Schwiegereltern flogen damals kurz nach der Beerdigung nach New York, sie hatten die Nähe zu Majas Umfeld nicht mehr ausgehalten, Marc war in München geblieben.

Täglich traf er Peter, sie stützten sich gegenseitig, Marc war der Stärkere. Manchmal saßen sie schweigend auf der Terrasse, blickten auf die Dächer Münchens, manchmal sprachen sie von Maja, den gemeinsamen Erlebnissen, manchmal erzählte Marc von ihrer Kindheit.

Allmählich hatte der Schmerz nachgelassen, Bills telefonische Sitzungen halfen, dann musste Marc zu seiner Galerie nach New York.

Wie lange war das alles her? Und seither?

Peter hatte seine Schüler wieder, stürzte sich in Arbeit, brachte sich erneut in die Arbeitsgemeinschaften ein, wurde zum unentbehrlichen Assistenten seines Chefs, der in einem Jahr in den Ruhestand gehen würde.

Peter spielte in jeder freien Minute Golf, gewann ein Turnier nach dem anderen, seine Lebensfreude kehrte zurück. Meistens besuchte er einmal in der Woche seine Eltern, schlief in seinem alten Zimmer, traf sich mit Freunden, nahm an allen Abenden seiner Verbindung teil, gelegentlich hatte er auch Affären.

Er führte ein Junggesellenleben. Mademoiselle, die Maja versprechen musste, sich um Peter zu kümmern, durfte nur seine Wäsche und die Wohnung in Ordnung halten, im Übrigen versorgte er sich selbst. Er konnte Spaghetti kochen, Steaks braten, Gemüse im Mikro wärmen, mehr brauchte er nicht.

Wirklich nicht? Peter verdrängte jeden Gedanken an eine andere Lebensform.

Lili hatte längst bemerkt, dass Peter stets die Nähe Susannes suchte, manchmal den Arm auf ihre Schultern legte. Den Kollegen fiel das nicht weiter auf, denn es war bekannt, dass die „Sozialgang" eng zusammenhielt, außerdem kannte man Susannes Partner.

Als Susannes Probleme mit Stefan begannen, sein Verhalten sie quälte, hielt Lili Peter auf dem Laufenden, „wir müssen auf sie aufpassen", sagte sie. Susanne selbst war zu niedergeschlagen, um außer der Schule noch etwas anderes um sich herum wahrzunehmen.

Allmählich wurde sich auch Peter bewusst, dass Susanne für ihn mehr war als die nette Kollegin. Was sollte das werden? Sie war doch eigentlich fest liiert mit einem Mann, der trotz allem nicht unsympathisch wirkte. Würde sie sich nach dessen unverzeihlichem Betragen von ihm trennen? Peter hielt sich zurück, er konnte nichts tun.

Die Nachfolge des Schulleiters stand bevor. In der Regel hatte kein Kollege derselben Schule eine Chance auf die Stelle. Peters Chef fragte vorsichtig im Oberschulamt an, ob es denn für einen jungen, außergewöhnlich fähigen Mann eine Möglichkeit gebe? Die Behörde hielt sich bedeckt. Er besprach sich mit Lili, sie sollte eine unauffällige Umfrage bei den Kollegen und den Eltern starten, ob sie sich Peter in dieser Rolle vorstellen könnten. Das Ergebnis war eindeutig, wenn sie einen Einfluss hätten, dann sollte Peter die Schule leiten.

Der Chef überzeugte ihn sich zu bewerben, das Verfahren begann.

Peter besuchte Susanne mehrmals während ihres Mutterschutzes, stets fand er einen dienstlichen Vorwand. Sie saßen zusammen, vertraut und doch getrennt.

XVI

Am Montagmorgen hatten Susanne und Thommy die Klinik verlassen. Ihre Mutter hatte sie abgeholt, die Wohnung geputzt, Blumen gekauft, ein Essen vorbereitet, ein kleines Päckchen lag auf dem Tisch. Susanne erkannte das Logo des Juweliers, dessen Schaufenster sie mit Stefan ab und zu betrachtet hatte, vor langer Zeit. Wie lange ist das schon her? Beinahe war sie gerührt, noch nie hatte Stefan ihr ein teures Geschenk gemacht.

„Das ist wohl vom glücklichen Vater. Willst du es nicht aufmachen?"

Das leidige Thema, wie weit musste sie ihrer Mutter die Wahrheit erzählen?

„Später", Thommy schrie, er hatte Hunger.

„Werdet ihr denn jetzt heiraten?"

„Daraus wird nichts, er hat eine Freundin", Susanne schluckte den nicht vorhandenen Speichel hinunter, gleich würden die Vorwürfe auf sie niederprasseln.

Nein, nichts, die Mutter blieb sprachlos?

„Bitte, ich will jetzt nicht darüber diskutieren, ich bin zu müde."

Susanne stand auf, ging zu Thommys Bettchen.

„Wir brauchen ihn nicht", murmelte sie.

Schweigend räumte die Mutter den Tisch ab,

trat neben sie, Susanne lehnte ihren Kopf an die mütterliche Schulter, weinte lautlose Tränen.

Stefan rief an, sie hob nicht ab, er schickte eine Mail, eine SMS, sie antwortete nicht.

Sie hatte eine Kinderfrau gefunden, schon älter, Witwe mit zwei erwachsenen Töchtern, die sich sinnvoll beschäftigen, ein Kind versorgen, aber keine Hausarbeit machen wollte.

Am Donnerstag kam Frau Gant zum ersten Mal, ließ sich alles erklären und blieb eine Weile, damit Susanne das Kind beim Standesamt anmelden konnte.

Sie gab Stefan als Vater an, das Amt würde das noch prüfen.

„Kann man auf der Geburtsurkunde den Namen des Vaters weglassen?" Ja, konnte man.

Stefan gab nicht auf, bedrängte sie fast täglich mit Anrufen, wollte mit ihr sprechen. Worüber? Es war alles so klar, warum sollte sie sich seine Lügen, Ausreden anhören?

Er kam am Freitagabend, benahm sich rücksichtsvoll, deckte den Tisch, betrachtete Thommy.

Susanne legte die Geburtsurkunde neben seinen Teller.

„Du hast monatlich 200 Euro zu bezahlen, bei deinem Verdienst ist das das Minimum, die Kinderfrau kostet 400 Euro."

Stefan las den Namen, „wir hatten doch Daniel und meinen Namen beschlossen!"

Er war wütend, „du degradierst mich zum zahlenden Vater?"

„Ich bin davon ausgegangen, dass dich weder Thommy noch ich interessieren, eine Heirat kommt sowieso nicht mehr in Frage."

Susanne blieb innerlich ruhig, beinahe war sie stolz auf sich.

„Susanne, es war die größte Dummheit, die ich je gemacht habe."

Er bekannte sich schuldig, nannte alle Gründe, die er sich für sein Verhalten sorgfältig zurechtgelegt hatte. Keinerlei Vorwürfe an Susanne, freiwillig schlief er auf der Couch.

Einige Wochenenden verbrachten sie auf die gleiche Weise, er wickelte das Kind nicht, er sei zu ungeschickt, trug es aber vorsichtig herum, sah Susanne zu, wie sie Thommy ein Fläschchen gab, schob den Kinderwagen.

Kurz bevor sie wieder in die Schule gehen musste, sie hatte ihren vollen Job behalten, war ihr klar, dass eine Entscheidung bevor stand, entweder sie trennten sich endgültig oder Susanne akzeptierte ihn so wie er war.

Längst war die große Liebe dahin, falls es sie je gegeben hatte. Aber, sollten sie nicht Thommy wenigstens ein halbwegs geordnetes Familienleben bieten?

Stefan witterte Morgenluft, er erkundigte sich nach Thommy, erzählte von seinem einsamen Dasein in Frankfurt, nur Arbeit, ohne Frau und Kind, dieser Zustand sei unerträglich, er bereute wirklich.

Susanne schlief kaum, nachts stand sie mehrmals auf, um Thommy zu füttern, tagsüber, wenn er schlief, bereitete sie sich vor, korrigierte.

Lili war schon wieder auf Klassenfahrt, die Kollegen behandelten sie rücksichtsvoll, Peter blieb gleichbleibend freundlich, aber sprechen konnte sie mit ihm nicht, auch nicht mit ihrer Mutter, der Name Stefan, ein Unwort.

Susannes war allein, sie wusste, es würde so bleiben, auch bei allem, was in Zukunft auf sie zukäme.

Am Ende ihrer Kräfte, noch geschwächt von der Geburt, fühlte sie sich im Augenblick unfähig irgendeine Entscheidung zu treffen. Sie musste erst wieder zu sich selbst finden.

An den Wochenenden nahm sie Stefans Hilfe schweigend an.

Schließlich kam es, wie es kommen musste.

Susanne saß ausgepumpt am Schreibtisch, hatte das Gefühl, nichts mehr auf die Reihe zu bringen, wurde plötzlich von einem Weinkrampf geschüttelt. Stefan klingelte, sie konnte die Tränen nicht mehr rechtzeitig wegwischen.

Er nahm sie in die Arme, berührte sie vorsichtig, küsste ihre Haare, der Bann war gebrochen.

Er bereitete ein Abendessen, trug Thommy ins Bettchen, saß mit ihr auf dem Sofa, stand mit ihr nachts auf, Susanne war zurückerobert.

Am anderen Morgen sprach er erneut von einer

Heirat so bald wie möglich, am Abend duldete Susanne seine Liebkosungen, am Sonntagabend schliefen sie miteinander.

Das nächste Wochenende ohne Stefan, er musste zum 60sten Geburtstag seines Vaters. Susanne war in einem eigenartigen Schwebezustand, weder glücklich noch unglücklich.

Ein weiteres Wochenende ohne Stefan, ein Betriebsausflug, vor dem er sich nicht drücken könne.

Nach 14 Tagen blieb ihre Periode aus, das konnte nicht sein.

Sie schluckte die Pille, regelmäßig, hatte das Präparat allerdings wechseln müssen, weil es ihr morgens ständig übel war.

Sie kaufte einen Schwangerschaftstest, wiederholte ihn, ungläubig, meldete sich bei ihrem Arzt an, der hatte bessere Methoden. Im Grunde aber wusste sie, sie fühlte es geradezu, sie war schwanger.

Der Arzt zeigte sich sehr besorgt, eine erneute Schwangerschaft, sie habe sich noch keineswegs vollständig erholt von der physischen Anstrengung der Geburt, dazu ihre besondere psychische Belastung, ihr Hormonhaushalt sei immer noch durcheinander, die Pille biete keine 100-prozentige Sicherheit.

Susanne war geschockt, ein weiteres Kind, das konnte sie ohne Partner nicht durchstehen.

Allmählich setzte ihr Verstand wieder ein, dann

würden sie eben sofort heiraten, zwei Kinder so nah aufeinander hatten auch ihren Vorteil, sie wären fast gemeinsam aus dem Windelalter heraus, Stefan könnte mit ihnen früher etwas anfangen. Ein gutes Zusammenleben würde sich schon finden, wenn beide es nur anstrebten. Susanne verdrängte die aufkommenden Zweifel, wollte sich nur an die positiven Momente der letzten Wochen erinnern.

Sie hatte ihn mehr als zwei Wochen nicht gesehen, sie rief ihn an.

„Das gibt es nicht, ich dachte, du nimmst die Pille, eine Schwangerschaft passt jetzt gar nicht. Du weißt doch, dass ich demnächst wieder nach New York fliege und diesmal den neuen Job in den USA im Unternehmen festmachen will. Wie soll das gehen, ein Umzug, in deinem Zustand, ein Start dann mit gleich zwei Babys."

Nach langer Zeit ein einziges Mal mittelmäßigen Sex mit Susanne und schon war sie wieder schwanger! Stefans Ärger wuchs, wieder würde er zurückstehen müssen.

Susanne legte auf, frustriert, rief wieder an. Ganz ruhig versuchte sie, ihm die Vorteile von zwei Kindern klarzumachen.

Er sagte nichts, hörte kaum zu, was für eine bescheuerte Situation.

Sie nahm Thommy auf den Arm, klammerte sich an das Kind, als ob es sie trösten, Erleichterung bringen könnte.

Am nächsten Abend meldete sich Stefan wieder: „Es tut mir leid, ich habe wohl zu heftig reagiert. Aber sachlich gesehen passt eine Schwangerschaft im Augenblick wirklich nicht, nun ist es eben passiert, wir werden es schon hinkriegen."
Ich muss es hinkriegen, dachte sie, du drückst dich doch.
Susanne wagte einen winzigen Vorstoß, „könnten wir nicht gleich heiraten, dann kommt das Kind wenigstens ehelich auf die Welt?"
„Das macht überhaupt keinen Sinn", antwortete er heftig. Ich kann den Job in etwa 6-8 Monaten anfangen. Du könntest also erst nach der Geburt nach New York kommen. Es ist besser, wir heiraten erst dann, taufen gleich die Kinder, das hatten wir doch bei Thommy schon so geplant. Du kommst nach, sagen wir in einem Jahr, dann habe ich auch schon ein Haus gefunden und bin etwas eingelebt. Bis dahin pendle ich wie jetzt auch alle paar Monate zwischen Frankfurt und New York hin und her."
Susanne sagte nichts, kein Familienleben, keine Entlastung.
„Susanne, versteh doch, es macht keinen Sinn."
„Kommst du am Wochenende?"
„Ich weiß noch nicht, ob ich es schaffe, die Woche darauf fliege ich schon, und bis dahin ist noch sehr viel zu tun."
Susanne war nahe dran, laut zu brüllen, verschloss fest ihre Lippen, blieb stumm.

„Susanne...? Du weißt, ich liebe dich, ein zweites Kind ist auch keine Katastrophe, sollte ja auch eine Freude sein, wir müssen halt die neue Schwangerschaft überstehen."

Nein, dachte sie erneut, nicht wir, sondern ich. Sie fühlte sich immer noch schwach, Baby, Schule, schwanger. Kann das denn gutgehen? Er hatte nicht angeboten, sie finanziell zu unterstützen, damit sie die Stunden reduzieren könnte. Sie musste weiterhin voll arbeiten.

Zum wievielten Mal hatte er versprochen, Verantwortung für eine Familie zu übernehmen, sofort zu heiraten? Und wieder ein Rückzieher!

Er ließ sie sitzen, das war die Wahrheit!

Susanne legte auf, sinnlos mit ihm zu diskutieren, es war ihm egal, wie sie zurecht kam, sie hörte schon die Vorwürfe ihrer Mutter.

Und Lili, was würde sie sagen?

Stefan traf seine Schwester in Frankfurt.

„Sie ist schon wieder schwanger."

„Oh, oh, hat sie noch nie etwas von Verhütung gehört?"

„Angeblich hat die Pille nicht funktioniert. Ich habe mich schlau gemacht, das kommt schon mal vor."

„Du Armer, ein zweifacher Vater! Bist du sicher, es ist von dir?"

„Lass das Helen! Während ihrer Schwangerschaft konnte man kaum etwas mit ihr anfangen, andauernd war ihr schlecht, und jetzt das Kind,

alle paar Stunden brüllt er, muss gefüttert werden, die Windeln stinken, man kann gar nichts machen, keine Nacht Ruhe."
„Sie will dich zur Heirat zwingen mit zwei Kindern."
„Nein, nein, das glaube ich nicht."
„Wirst du sie heiraten?"
„Nicht jetzt, später."
„Oder überhaupt nicht, sie passt einfach nicht zu dir. Vielleicht fahre ich nach München, meinen Neffen besuchen. Ich werde sie anrufen."
Der Anruf war peinlich, fand Susanne. Nach einem Geplänkel von Neugier an Thommy, an ihrer erneuten Schwangerschaft, sagte Helen: „Nun ja, ich verstehe Stefan, er will sich nicht zu einer Heirat erpressen lassen wegen der Kinder." „Sagt er das?", fragte Susanne nach, „nicht ganz wörtlich, aber sinngemäß." „Tschüss", sagte Susanne und legte auf.

Stefan flog nach New York, schrieb eine Mail: „Ich habe noch so viel Urlaub, bin auch wirklich urlaubsreif. Ein Kollege hier hat mir sein Ferienhaus in den Rockies angeboten, wahrscheinlich kommt er auch mit. Es muss fantastisch sein, dort zu wandern und zu klettern. Ich werde zwei bis drei Wochen Urlaub dranhängen, im Augenblick passt es von der Arbeit her. Ich hoffe, bei Dir ist alles in Ordnung…", Susanne las nicht weiter.

Sie hörte in sich hinein, keinerlei Regung, nichts, es war ihr nur schlecht.

Susanne riss sich zusammen, sie musste fit bleiben, durfte jetzt auf keinen Fall sich hängen lassen. Dennoch regte sich eine gewisse Neugierde. Ob das mit dem Kollegen wohl stimmte? Oder nahm er wieder eine Frau mit? Oder sogar Carolin? War das noch wichtig? Sie zögerte, dann rief sie doch Sven an, er hatte ihr Auskünfte zugesagt.

„Ja, ja, ich kann feststellen, wann sie in Urlaub ist und wo. Bist Du denn noch mit Stefan zusammen?"

Ein paar Tage später: „Es tut mir so leid Susanne, sie nimmt drei Wochen im nächsten Monat, gibt eine Adresse in New York an und eine in den Rocky Mountains."

Lili hatte gesagt, „du musst ihm die Hölle heiß machen."

„Wozu, ich kann nicht mehr, ich bin am Ende, ich bin schwanger."

Susanne beschloss, in den Faschingsferien, die am Wochenende begannen, sich auf „ihrem" Bauernhof, wie sie ihn nannte, einzumieten, abseits aller Einflüsse würde sie die Ruhe finden, die sie brauchte für eine klare Entscheidung.

Frau Körber empfing sie freundlich, das große Zimmer im ersten Stock, Vollpension?

„Ich werde nicht viel essen können, ich bin schon wieder schwanger."

„Dann erst recht, etwas Leichtes geht immer."

Susanne ging viel mit Thommy spazieren, legte eine Liste mit zwei Spalten an:

Erste Spalte: Ich will Stefan behalten – Vor- und Nachteile

Zweite Spalte: Ich will alleinerziehende Mutter sein – Vor- und Nachteile

Sie stellte sich eine Ehe mit Stefan vor, null Punkte.

Sie stellte sich Stefan als Vater vor, null Punkte.

Alleinerziehende Mutter zweier Kinder, voller Job? Schwer vorzustellen, aber machbar.

Auf Stefan zu verzichten, fiel ihr nicht schwer, viel mehr zu schaffen machte ihr, die bisherige Lebensplanung aufzugeben, intakte Familie, Haus und Hof. Einige Tage rang sie mit sich, weinte, zog sich zurück, redete sich in Zorn. Wie vielen Frauen ging es so?

Frau Körber ahnte etwas von Susannes Problemen, kein Mann, kein Vater.

„Du musst etwas essen, das Kind kann nichts dafür", sagte sie mitfühlend.

Dann hatte sie es geschafft. Sie würde Stefan rauswerfen, endgültig, keine Lügen mehr, kein Nachgeben.

Sie spürte, wie ihre Energie zurückkam, wie sich Erleichterung breitmachte, endlich ein vernünftiger Entschluss. Sie würde seine Sachen packen, viel war es nicht mehr, die Hälfte der Möbel hatte er schon für sein Zimmer in Frankfurt gebraucht, alles in den Keller stellen, die Wohnungsschlüssel austauschen, ihm eine Frist zur Abholung setzen, ihn auf seine Unterhaltspflicht hinweisen, wenn es sein musste auch einen DNA-Test anbieten.

Susanne fühlte sich wie von einer Last befreit, zwei Kinder waren besser als eines, vor allem, wenn das zweite Thommy glich, er machte ihr so viel Freude. Zwei konnten miteinander spielen, waren vielleicht weniger auf die Mutter fixiert, konnten sich gegenseitig erziehen.

Später würde sie einen Sportverein suchen, um das männliche Element abzudecken. Von nun an musste sie sich auf sich selbst konzentrieren, stark bleiben für die Aufgaben, die vor ihr lagen. Die Übelkeit war weg, sie nahm ein wenig zu, bekam etwas Farbe.

Einen Einschreibe-Brief würde sie ihm schicken kurz bevor er zurück kam und gleichzeitig eine Mail, um die Post anzukündigen. Dann musste sie ihn nicht mehr sehen.

Lili staunte, Susanne lachte wieder, wollte ausgehen, kaufte helle Blusen.

„Das Leben hat mich wieder", sagte sie.

Susanne besprach den Brief mit Lili, veränderte einige Formulierungen, er sollte möglichst sachlich sein, ohne Gefühlsseligkeit, ohne Vorwürfe, eine vernünftige Trennung.

Sie streifte langsam die Belastungen der letzten Monate ab, das Hin und Her, die Verzweiflung wich einer gewissen Gelassenheit, ab und zu überkam sie eine depressive Phase, wenn sie an die Zukunft dachte. Dann nahm sie Thommy auf den

Arm, sah sein Lächeln, sein Strampeln, seine kleinen Hände, die Füßchen, und die Bedrückung verschwand.

Susanne räumte ihre Wohnung um, das große Schlafzimmer wurde zum Kinderzimmer, das kleine dritte Zimmer zu ihrem Schlaf-und Arbeitszimmer. Die Wohnung sollte gemütlicher werden, denn hier würde sie in den nächsten Jahren bleiben.

Ihre Mutter und Lili halfen beim Streichen, beim Einrichten.

Lili kannte Susannes innere Verfassung, die Details ihres Entscheidungsprozesses, aber der Mutter hatte sie nur das Wichtigste erzählt.

„Das hätte ich ihm nie zugetraut, aber du hast recht, auf einen solchen Mann kannst du verzichten", sagte die Mutter, „die Enkel werden wir auch alleine großziehen."

Ein neuer Lebensabschnitt brach für Susanne an.

XVII

Stefan war auf dem Rückflug von New York, saß bequem in der Business-Class. Er fühlte sich bestens, sein Vertrag war unterschrieben, sehr gute Bedingungen. Sein Vorgänger, ein Berliner, wollte zurück nach Deutschland, in etwa einem halben Jahr, den genauen Termin würden sie noch absprechen. Das passte hervorragend, Susanne konnte sich nach der Geburt des zweiten Kindes Zeit lassen mit dem Übersiedeln.

Sein Urlaub war gemischt verlaufen, die Landschaft, die Tourenmöglichkeiten in den Rockies einmalig, Carolin war eine hervorragende Tourenbegleiterin. Nicht so toll lief es sonst mit ihr, Carolin entpuppte sich als ausgesprochen zickig, sie ging ihm reichlich auf die Nerven mit ihrem Gemecker, mit ihren Ansprüchen. Das war Stefan von Susanne nicht gewöhnt.

In New York hatten sie die ersten und letzten Tage miteinander verbracht, er war froh, als Carolin endlich abreiste.

Stefan dachte mit einer gewissen Wärme an Susanne, sie hatte keinerlei Ansprüche, war geduldig, nachgiebig, mit ihr konnte er sich unterhalten, sie hörte ihm zu, Carolin sprach nur von ihrem Job und von ihrer wichtigen Rolle in der Firma, seine

Gesprächsansätze blockte sie meistens ab.

Susanne konnte von dem Urlaub mit Carolin nichts wissen, er hatte das schöne Blockhaus über eine New Yorker Agentur gebucht, war seit Wochen nicht mehr in München gewesen, wegen des Jobs, natürlich.

An einem der nächsten Wochenenden musste er die Situation mit Susanne endgültig klären, einen Hochzeitstermin festmachen, kirchliche Trauung? Nicht unbedingt. Er bevorzugte ein kleines Fest, mit den Eltern, den Geschwistern, die rümpften sowieso schon die Nase wegen der nun bald zwei unehelichen Kinder. Aber das brauchte ihn nicht zu kümmern, sie würden demnächst in New York leben, weitab von den Verwandten.

In Frankfurt fand er die Post auf seinem Tisch, der Hausmeister hatte sich wie immer darum gekümmert, Rechnungen, Werbung und den angekündigten Brief von Susanne. Er wollte ihn später lesen, legte ihn auf den Stapel „zu erledigen", jetzt war er zu müde, Jetlag.

Sein Handy klingelte, Carolin. Sie erkundigte sich süffisant nach seinem Befinden, bedankte sich für den schönen, für sie fast kostenlosen Urlaub. Ärgerlich legte er auf, er wollte mit Susanne reden. Sie hob nicht ab, wo war sie nur? Mit dem Baby konnte sie nicht allzu weit sein. Er hatte Hunger, ging in die nächste Kneipe, vergaß den Brief.

Am Montagmorgen musste er früh ins Büro, erinnerte sich erst abends wieder, dass er etwas lesen sollte. Er hatte Brötchen gekauft, Fleischkäse, setzte sich gemütlich hin, öffnete den Brief, verschluckte sich. Das konnte doch nicht wahr sein, sie warf ihn raus? Lächerlich! Im Zustand der Schwangerschaft sind Frauen nicht zurechnungsfähig, „...keine Basis mehr für ein gemeinsames Leben...", Susanne, du irrst dich, das gemeinsame Leben fängt erst an, „...die Kisten abholen, sonst werden sie per Frachtpost nach Frankfurt geschickt...", Frechheit, „... nicht mehr in meiner Wohnung übernachten...", München, das war doch auch sein Zuhause! „...Besuchsrecht für die Kinder...", das ist der Gipfel, es waren seine Kinder...". Je öfter er den Brief las, umso wütender wurde er. Wer war sie denn, sie war von ihm abhängig, wie wollte sie mit demnächst zwei Kindern allein zurechtkommen, „...ich verzichte auf einen Unterhalt für mich, verpflichtet bist du gegenüber den Kindern...". Vor allem dieser abweisende, sachliche Ton ärgerte ihn, so konnte sie mit ihm nicht umgehen!

Er beschloss, nicht zu reagieren auf diesen albernen Brief, sondern am Wochenende nach München zu fahren. Von Angesicht zu Angesicht sozusagen würde sie kaum wagen, das zu wiederholen, was sie geschrieben hatte.

Am Donnerstag kündigte er an: „Ich komme morgen, ich freue mich auf euch, ich liebe dich." Umgehend kam eine Antwort: „Am besten besuchst du Thommy am Samstagnachmittag, wenn er wach ist. Lass mich die Zeit wissen. Denke daran, du kannst nicht bei mir übernachten. Susanne." Das werden wir sehen, dachte Stefan, du wirst mich nicht so leicht los!

Am Freitag fuhr er nach München, viel zu schnell, ungeduldig, verursachte beinahe einen Unfall, fuhr auf den nächsten Rastplatz, stieg aus, suchte nach einer Zigarette, zündete sie an, machte sie wieder aus, lief hin und her, stieg ein, versuchte sich auf den Verkehr zu konzentrieren.

Susanne hatte die Situation schon mit Lili besprochen, möglich, dass sie Hilfe brauchte.

Lili versprach, sich am Freitag zu melden, am Samstag aber müsse sie zur goldenen Hochzeit ihrer Eltern, die ein großes Familienfest feiern wollten: „Ich rufe an, gegen neun, wenn er willens ist ins Hotel zu gehen, sagst du, ‚ich bin fertig mit den Korrekturen', wenn nicht, sagst du, ‚ich brauche noch einige Zeit'. Dann komme ich, zu zweit werden wir ihn schon loswerden."

Lili informierte auch Peter, so nebenbei, vom bevorstehenden Besuch Stefans, „hoffentlich geht das gut, Susanne war heute morgen sehr schlecht drauf."

Für Peter war es ein echter Schock gewesen, als er von der erneuten Schwangerschaft gehört hatte. Eigentlich wollte er etwas auf Abstand bleiben, ihr Zeit lassen. Erst als er sah, wie schlecht es Susanne während der ersten Wochen ging, trug er ihre schweren Hefte, sorgte dafür, dass sie nicht jede Konferenz mitmachen musste, übernahm ihre Ausflüge, so wie sie und Lili es für ihn getan hatten während Majas Krankheit.

Als es Susanne einmal besonders übel war, hatte er sie nach Hause gefahren, mit ihr Tee getrunken, zögernd hatte sie selbst ihm von ihrer Trennung erzählt.

Das alles, sogar Details des Briefes hatte ihm Lili schon vorher sinngemäß mitgeteilt, stets mit der Begründung, sie wolle mit ihm die Sorge um die Freundin teilen, Susanne habe ja sonst niemanden. Peter hatte genickt, war sich aber nicht sicher, ob er wirklich so sehr ins Vertrauen eingebunden werden wollte.

Stefan hatte sich eine Strategie zurechtgelegt, nicht sofort von dem Brief sprechen, zuerst auf neutralem Boden bleiben, sich wieder einrichten. Er sah wohl, dass es ihr ziemlich schlecht ging, Vorwürfe passten jetzt nicht.

Susanne blieb einsilbig, ignorierte die aufsteigende Übelkeit, es war ihr bedeutend besser gegangen vor diesem Abend. Den ganzen Tag über hatte sie gegen die Angst vor dieser Begegnung gekämpft, würde sie stark genug sein, ihm Paroli zu bieten, schon einmal war er stärker gewesen als sie.

Stefan wollte zuerst Thommy sehen. Dann bediente er sich am Kühlschrank, belegte sich ein

Brot, kein Bier im Haus? Kein Saft? Also Tee!

Um etwas Zeit zu gewinnen, sie günstig zu stimmen, erzählte er von seinem gelungenen Vertrag und von seinem schönen Urlaub.

„Ich nehme an, dass es auch Carolin gut gefallen hat", sagte Susanne.

Stefan stutzte, wurde ärgerlich, „du reimst dir da etwas zusammen."

„Spar dir deine Lügen, du machst dich lächerlich, du bist frei, ungebunden, du kannst machen, was du willst, übrigens hast du dir ein Zimmer bestellt?"

„Hör auf mit diesem Herumspinnen, natürlich schlafe ich hier, wenns sein muss auch auf der Couch."

„Du gehst, am besten sofort, morgen Nachmittag kannst du wieder kommen, wenn Thommy wach ist."

Susanne hatte ihre letzte Kraft in die Stimme gelegt, sie konnte nicht mehr, sie zitterte, fühlte, wie ihr der Schweiß ausbrach, gleich würde sie sich übergeben müssen.

Das Telefon klingelte, Susanne hob ab, sie hatte vergessen, was sie zu Lili sagen sollte, brachte nur ein schwaches Hallo heraus.

„Er ist also da und will nicht gehen!", stellte Lili fest.

„Ja", flüsterte Susanne.

„Ich bin in 10 Minuten bei dir, halt die Ohren steif!"

Lili rannte fast, Susanne klang besorgniserregend.
Sie läutete, Stefan öffnete: „Was willst du denn hier?"
„Ich will sehen, wie es Susanne geht, sie hat sich heute in der Schule nicht gut gefühlt."
Lili sah Susanne auf dem Stuhl sitzen, nach vorne gesunken, den Kopf in die Hände gestützt, sie stand mühsam auf, ging zur Toilette und übergab sich, der Magen drehte sich und drehte sich.
Lili ging in die Küche und kochte Tee.
„Es ist besser, du gehst jetzt, hast du dir ein Zimmer genommen?"
Das wusste sie also auch.
„Das geht dich nichts an, es ist ausschließlich Susannes und meine Angelegenheit. Ich kümmere mich um sie."
Lili sah ihn spöttisch an, „plötzlich so besorgt? Die Nummer kannst du dir sparen, du hast hier nichts mehr zu suchen, sie hat dich rausgeschmissen."
„Ich gehe auf keinen Fall, am besten du verschwindest, in diesem Zustand kann man Susanne nicht alleine lassen, ich schlafe auf der Couch!"
„Wenn du nicht freiwillig gehst, ich kann auch noch Hilfe holen, lass es nicht darauf ankommen."
Lili sah ihn drohend an.
Susanne kam zurück, „Bitte geh, ich kann einfach nicht mehr."
Stefan schwankte zwischen Zorn und Besorgnis,

„das wird ja immer schöner."

„Du hast also keine Bleibe!", stellte Lili sachlich fest, „ hier in der Nähe, beim Italiener, gibt es ein kleines Hotel, versuch es da, ich bleibe bei Susanne."

Es hat wirklich keinen Zweck, sich hier mit diesem Drachen Lili herumzustreiten, dachte Stefan, Susanne war nicht in der Verfassung mit ihm zu reden, morgen früh ist es einfacher, wenn sie wieder allein ist.

„Was ist mit Thommy?"

„Spar dir deine verlogene Sorge und verschwinde endlich."

Susanne stützte sich auf den Tisch, sah ihn an, voller Verachtung.

Lili schob ihn energisch zur Türe.

Geschafft, sie setzte sich zu Susanne aufs Sofa, „ich bleibe über Nacht hier, wenn Thommy aufwacht, kann ich ihn auch füttern."

Susanne hatte ihre letzte Energie verbraucht, war Lili dankbar. Sie fror, die Zähne schlugen aufeinander.

Nachts hatte sie Albträume, schwankte einige Male zur Toilette, wollte Lili nicht damit behelligen.

„Du kannst nicht allein bleiben mit Thommy", sagte Lili am nächsten Morgen, Susanne hatte die Decke bis zum Hals gezogen, fror trotzdem, „kann ich deine Mutter anrufen?"

„Sie ist nicht da, sie macht so eine kleine Städtereise."

„Dann probiere ich es bei deiner Kinderfrau."
Frau Gant versprach, am frühen Nachmittag zu kommen, am Abend aber könne sie nicht bleiben.
Lili überlegte, wer könnte sich notfalls um Susanne kümmern.
Sie dachte an Peter, verwarf aber den Gedanken wieder. Schließlich rief sie ihn doch an. Er könnte wenigstens nachfragen und falls nötig, einen Arzt besorgen.

Stefan hatte einen ziemlichen Kater. Er war widerwillig ins Hotel gegangen, hatte beim Italiener eine Flasche Wein getrunken und anschließend in der Kneipe, die er von früher kannte, noch einige Schnäpse. Nun brauchte er dringend ein Aspirin. Vor der Apotheke traf er Lili, auch das noch. Sie wollte für Susanne rasch einkaufen, ehe sie zu ihren Eltern fuhr.

„Das kann ich doch auch machen", sagte Stefan.

„Nein", sagte Lili, „auf keinen Fall tauchst du jetzt bei ihr auf, sie braucht Ruhe."

In Stefans Kopf dröhnte es, nie wieder Alkohol, Susannes Schuld, „was kann ich sonst für sie tun?"

„Nichts, du fährst am besten nach Hause", dann fügte sie etwas versöhnlicher hinzu, „schreib ihr einen aufrichtigen, ehrlich gemeinten Brief. Im Übrigen, ich würde dich nicht wieder zurücknehmen."

Lili? Lachhaft. Was versteht die davon!

Brüsk wandte er sich ab, ging in die Apotheke, hatte nur noch Mitleid mit sich selbst.

Vielleicht sollte er ein Geschenk für Susanne kaufen und etwas für seinen Sohn, Thommy, was für ein lächerlicher Name, und es am Nachmittag noch einmal bei Susanne probieren. Pralinen hatte sie in ihrer Schwangerschaft nicht vertragen, auf Blumen allergisch reagiert, also etwas Musikalisches.

Peter war mit seinem Freund Phillip auf dem Golfplatz, hörte sich Lilis Bericht an, zögerte, diese Geschichte war ihm zu intim, zumal sich Susannes Ex auch noch in der Nähe herumtrieb. Nach einigem Hin und Her versprach er aber doch, wenigstens anzurufen.

Frau Gant war angewiesen, einen Stefan unter keinen Umständen hereinzulassen, er sei der Verursacher aller Probleme.

Stefan, ausgestattet mit einer CD und einem kleinen Bären, läutete an der Haustüre unten.

Nein, sagte Frau Gant über die Sprechanlage, sie könne ihm nicht aufmachen. Das war nicht Lili, der Drachen, sondern ein neuer, Stefan probierte es noch einmal, „nein, leider". Wütend ging er zu seinem Auto, vor der Haustüre konnte er schließlich kein Spektakel veranstalten. Er rief an, auch hier die gleiche Stimme, keine Susanne. „Wer sind Sie denn?", schnauzte er Frau Gant an, „ich bin die Kinderfrau von Thommy", antwortete sie genervt.

Er habe ein Geschenk für seine Frau und seinen Sohn, sagte Stefan. Frau Gant war irritiert, Frau und Sohn? Sie fragte ins Zimmer, Richtung Susanne. „Nein", antwortete diese, er solle sich das Geschenk sonst wo hinstecken. Frau Gant wandte sich wieder an Stefan, seine Frau sei nicht in der Lage ihn zu empfangen, sie fühle sich nicht wohl, er könne doch das Geschenk mit der Post schicken, meinte sie zuvorkommend... Das hatte Susanne ihr nicht aufgetragen.

Stefan hatte genug, er musste sich etwas anderes einfallen lassen, fuhr in die Stadt, wanderte ziellos durch den Englischen Garten. Mit Carolin wollte er nicht sprechen. Er beschloss, vorerst nach Frankfurt zurückzufahren. Unterwegs rief er einen Kollegen an, frisch geschieden, sie verabredeten sich am Sonntag zum Tennis. Dann konnten sie sich gemeinsam über die Launen der Frauen unterhalten.

Frau Gant versorgte Thommy, kochte ein Süppchen, das Susanne nicht vertrug.

„Kann ich Sie denn allein lassen?" fragte sie besorgt, Susanne nickte, überzeugend sah das nicht aus, „wenn Sie Hilfe brauchen heute Abend, rufen Sie meine Tochter an, sie ist zu Hause."

Als Frau Gant gegangen war, blieb Susanne liegen, ihr schwindelte, das Herz klopfte heftig, unregelmäßig. Sie war machtlos gegen ihren inneren Aufruhr, hatte immer noch Angst. Wenn Stefan zurückkommt? Er musste ihre Entscheidung akzeptieren, eine weitere Auseinandersetzung würde sie nicht durchstehen. Dieser Zustand muss ein Ende haben, dachte sie, es schadet dem Kind.

Am Abend rief Peter an, wie versprochen. Susanne konnte kaum sprechen, sie sei o.k., flüsterte sie. „Soll ich vorbeikommen?" Susanne zögerte, das mochte sie Peter nicht zumuten, aber sie hatte Mühe, sich auf den Beinen zu halten, sie sollte besser liegen bleiben. „Ja...", er ahnte nur, was sie sagte.

Peter nahm seinen Freund Phillip zur Seite: „Wie erkennt man einen Nervenzusammenbruch, und was muss man tun?"

„Peter, was ist los? Das kann ich so nicht sagen. Zu wem willst du, soll ich dich begleiten?"

„Nein, ich muss selbst erst einmal sehen, was los ist, sag mir nur, was man als erstes tut."

„Ich kann hier keine Ferndiagnose stellen, das wäre unverantwortlich, miss Blutdruck und Puls und ruf mich an."

„Sie ist schwanger."

„Auch das noch, Peter, es gibt eine ärztliche Schweigepflicht!", sagte Phillip ernst.

„Ich ruf dich in einer halben Stunde an."

Susanne konnte Peter gerade noch die Türe öffnen, ehe sie umkippte.

Er trug sie fast zu ihrem Bett, ging in die Küche, damit sie sich ausziehen konnte, kochte Kräutertee, kühlte ihn ab, brachte ihn ans Bett, half ihr auf,

maß Blutdruck und Puls, ziemlich hoch, schien ihm, legte eine Kompresse auf ihre Stirn. Einiges hatte er während Majas Krankheit gelernt. Er rief Philipp an, „Wenn Blutdruck und Puls nicht runtergehen, komme ich."
Peter glaubte, es gehe ihr schon etwas besser, sie sei ruhiger, „wahrscheinlich ist es einfach ein Erschöpfungszustand."
Er blieb bei ihr sitzen, hielt ihre Hand, das Zittern ließ nach, der Puls beruhigte sich. Susanne hielt die Augen geschlossen.
Thommy meldete sich, er hatte Hunger. Susanne wollte aufstehen.
„Bleib liegen, ich mach das schon, wo finde ich das Fläschchen?"
„Es geht schon wieder."
Es ging nicht.
Peter wärmte die Flasche, holte Thommy aus dem Bettchen. Augenblicklich war er still, was ist das denn, eine ganz andere Hand, eine ganz andere Stimme, er sah zu Peter auf, der ihn etwas ungeschickt hielt, begann an seinem Fläschchen zu nuckeln.
Peter setzte sich mit seiner Fracht zu Susanne, sie sah ihm zu, richtete sich auf, „ich muss ihn wickeln, dann schläft er wieder ein."
„Auch das schaffen wir noch, Thommy, oder?"
Peter hatte ein paar Mal bei Susannes Wickelei zugesehen, so schwer konnte das nicht sein. Im Bad fand er die Windeln, las noch einmal die An-

weisungen und machte sich ans Werk.

Thommy wunderte sich, die Windel saß ein bisschen anders, aber die Hose war wieder korrekt zugeknöpft.

Peter brachte ihn zu Susanne, „nun sag schön gute Nacht und dann schläfst du weiter." Er legte Thommy in sein Bettchen, sprach eine Weile auf ihn ein, bis ihm die Augen langsam zufielen. Peter betrachtete lange den Kleinen, voller Wehmut.

Susanne fror nicht mehr, hatte auch keine weiteren Schweißausbrüche mehr.

„Soll ich noch hier bleiben?"

Susanne nickte, falls Thommy wieder aufwachte, brauchte sie ihn vielleicht.

„Ich leg mich auf das Sofa, ruf laut, wenn etwas ist."

Susanne versuchte zu lächeln, „danke."

Peter zog seinen Pullover aus, rückte die Polster beiseite und fiel in einen unruhigen Halbschlaf, er ließ die Stehlampe brennen.

Nach einer Weile wurde er hellwach, Susanne saß bei ihm.

„Kann ich ein bisschen hier sitzen bleiben, ich fühl mich so richtig daneben."

„Komm unter die Decke, du wirst dich erkälten."

Susanne schlüpfte wortlos unter die Decke, Peter legte den Arm um sie, er musste sich ganz ruhig verhalten, jede Bewegung könnte sie erschrecken. Es war eine kuriose Situation, nun hatte er die Frau im Arm, die er zu lieben anfing und durfte sie im Grunde nicht berühren.

Susanne schloss die Augen, fühlte sich besser, fast geborgen, ein neues Gefühl, plötzlich wurde ihr bewusst, neben wem sie lag, vorsichtig stand sie auf, der Schwindel war weg, sie ging leise wieder in ihr Bett zurück.

Thommy meldete sich pünktlich um sechs, Susanne war wach, kochte ein neues Fläschchen.

Peter hatte Thommy sehr wohl gehört, stand auf, reckte sich, blieb an der Küchentüre stehen und betrachtete Mutter und Kind, „guten Morgen, wie fühlst du dich?"

„Es ist mir nicht übel, das ist ein gutes Zeichen."

Susanne legte Thommy auf die Matratze im Wohnzimmer.

„Kannst du kurz auf ihn aufpassen, ich würde gerne duschen."

Peter unterhielt sich prächtig mit Thommy, Susanne sah mit ihren frisch gewaschenen, noch leicht feuchten Haaren etwas besser aus, immer noch tiefe Augenringe, aber sie hatte ein wenig Farbe bekommen.

„Kaffee oder Tee?", Susanne war verlegen.

„Wann macht der Bäcker auf?"

Peter hatte die Essensreste am Abend vorher in den Kühlschrank geräumt, viel war das nicht.

Übermütig sprang er die Treppen hinunter, kehrte mit frischen Brötchen, Wurst und Käse zurück. Susanne hatte den Tisch gedeckt, zwei weiche Eier gekocht, vielleicht konnte sie das vertragen, es würde ihr guttun. Sie saßen schweigend einander gegenüber.

„Peter es tut mir leid wegen gestern und heute Nacht, bitte entschuldige die Umstände, die ich dir gemacht habe", wollte sie sagen, brachte aber kein Wort hervor. Sie sah Peter an, wurde rot. Peter lächelte nur, ihm schmeckte es.

Gestern, was hatte sie sich bloß gedacht? Sie war nicht ganz bei Sinnen gewesen, zuerst konnte sie sich kaum aufrecht halten, hatte es nicht alleine geschafft, den Vater ihrer Kinder rauszuwerfen, dann schlüpfte sie zu einem eigentlich fremden Mann ins Bett, ein absolut unmögliches Verhalten. Und jetzt saß Peter ihr gegenüber.

Peter sah sie an, „ich bin froh, dass es dir besser geht."

„Entschuldige bitte wegen gestern..."

Er unterbrach sie, „du musst dich nicht entschuldigen, du hast mir sehr viel geholfen und nun ist es an mir, dir zu helfen, so ist das unter Freunden."

Susanne konnte ihn nicht ansehen. Was denkt er nur von mir!

„Ich lasse dich jetzt allein", sagte er lächelnd, „Lili wird am Nachmittag kommen, ich bin zu Hause, falls du bis dahin Hilfe brauchst", zögernd verließ er die Wohnung.

Nein, dachte Susanne, ich werde ihn nicht ein zweites Mal bitten und schämte sich ein bisschen.

XVIII

Ein bescheuertes Wochenende, dachte Stefan, nichts war so gelaufen, wie er es geplant hatte. Nur widerwillig war er ins Hotel gegangen, aber wo hätte er sonst schlafen sollen.

Lili hatte ihm noch an der Wohnungstüre, ohne, dass es Susanne hören konnte, gründlich die Meinung gesagt, unerträglicher Egoist, unverantwortlicher Partner, klang bei weitem am freundlichsten. Welches Recht hatte sie dazu?

Es war nicht allein seine Schuld!

Susanne war zickig, sie wollte nicht einsehen, dass es ihm nicht um Carolin ging, sondern, dass er einen Tourenpartner brauchte, nachdem er seine besten Freunde verloren hatte. Eine echte Beziehung war das nicht, die hatte er mit Susanne.

Alles fing an, als Carolin nach einer gemeinsamen Tour mit den Freunden ihre Schuhe in seinem Auto vergessen hatte. Er wollte sie ihr nur schnell bringen, wunderte sich, dass Sven nicht da war, es schien ihm unhöflich, das Glas Wein nicht anzunehmen, dann zeigte sie ihm die Bilder von den Touren, sehr interessant, sie tranken noch mehr und landeten schließlich im Bett. Seither fanden sie immer Gründe, sich möglichst kurz nach den Touren zu verabschieden, um wenigstens ein Stündchen miteinander zu haben. Sex mit der schwangeren Susanne mochte er nicht und so war das ein netter Ausgleich, mehr nicht. Und dann passierte die blöde Geschichte auf der Hütte. Die Freunde sprachen nicht mehr mit ihm, da blieb ihm überhaupt nichts anderes übrig, als mit Carolin auf Touren zu gehen. Mit Liebe hatte das nichts zu tun, seit New York ging sie ihm auch noch auf die Nerven. Warum wollte Susanne das nicht verstehen? Zugegeben, er hätte vielleicht mehr auf sie Rücksicht nehmen, oder ihr das besser erklären müssen, das mit dem Sex war nicht ganz sauber, Frauen sind halt empfindlich. Die Situation war nicht hoffnungslos, bisher hatte Susanne immer nachgegeben. So halbwegs sah er ein, dass er sie ziemlich verletzt hatte. Wenn erst das zweite Kind geboren war, würden sie nach New York ziehen, dort gab es keine Berge.

Wer hatte Susanne zu einer solch albernen Reaktion veranlasst, das war nicht ihre Art, ihre Mutter oder ihre unsympathische Freundin? Das war nicht ihr eigener Entschluss, Stefan war sich sicher, das passte nicht zu Susanne, Lili war schuld.

Er brauchte Susanne, er konnte in New York auf Dauer nur mit ihr leben und überhaupt hatte er es satt, dieses Alleinsein.

Alle weiteren Versuche Stefans, ernsthaft mit Susanne in Kontakt zu treten, scheiterten, sie reagierte kühl, schrieb kurze, sachliche Mails, schickte ab und zu ein Bild von Thommy, das er stolz seinen Kollegen zeigte.

Dennoch, er war sich sicher, sie würde zu ihm zurückkehren, allein konnte sie zwei Kinder nicht aufziehen, sie brauchten einen Vater, nicht nur aus finanziellen Gründen.

Fürs erste gab er es auf, er musste warten, bis das Kind geboren war. Aber dann trat er früher als erwartet seinen Job in New York an, hatte kaum Zeit, kam für eine ganze Weile nicht mehr nach Deutschland.

Susanne schickte ihm die Geburtsurkunde von Alexander Johannes und ein Bild von beiden Kindern.

Ein Dauerauftrag regelte die Unterhaltszahlungen.

XIX

Und Peter? Er beobachtete Susanne, sie wurde rundlicher, man sah ihr die Schwangerschaft nicht an, die aktuelle Mode half ihr, weiter geschnitten, bunte Farben. Sie schien ausgeglichener, fast fröhlich, obwohl in ihrer Situation das eigentlich nicht zu erwarten war.

Sie saßen wie früher mittags oft zusammen, Susanne erzählte viel von Thommy, Peter viel von gemeinsamen Unternehmungen mit Marc und seinen anderen Freunden, nur über ihr Verhältnis zueinander sprachen sie nicht.

Es fiel ihm auf, dass Susanne jeden Morgen unter irgendeinem Vorwand zu ihm in sein kleines Büro kam, wenn er nicht im Lehrerzimmer auftauchte. Sie ahnte nicht, wie sehr er darauf wartete. Welchen Grund hatte sie diesmal? Wie gern würde er sie umarmen, sie fühlen, aber das musste warten!

Er empfing sie gleichbleibend freundlich, sah sie an, wenn sie sich unbeobachtet fühlte, wie hübsch sie war, sie versuchte sogar ein wenig Schminke aufzulegen, war zum Friseur gegangen, die etwas kürzeren Haare standen ihr gut.

Wie konnte es sein, dass er eine schwangere Frau liebte, die schon ein Kind hatte? Zählte das nicht? Würde er zwei Kinder annehmen können?

Peter beschloss, seinen Gemütszustand vorerst nicht preiszugeben, Susanne nicht zu ermuntern. Keine Werbung, keine positiven Signale, er musste sich erst klar darüber werden, was er wollte, wo er stand.

Niemand im Kollegium bemerkte die Spannung, nur Lili.

Sie war zufrieden, vielleicht konnte sie die sich anbahnende Beziehung der beiden positiv beeinflussen.

XX

Es war der letzte Schultag vor den Pfingstferien. Peter nahm Susannes schwere Tasche, sie war Ende des vierten Monats schwanger, begleitete sie zum Auto.

„Wann fliegst du nach New York?"

„Morgen Abend, Marc will mit mir mal wieder ein Golf-Turnier spielen."

„Der Kunsthändler?"

„Ja, übrigens liebt er Opern, wie du", sagte Peter lächelnd.

Er legte die Tasche auf den Rücksitz, sie blieben unschlüssig voreinander stehen.

Susanne stellte sich auf die Zehenspitzen, gab ihm ein leichtes Abschiedsküsschen.

„Peter, komm wieder gesund zu mir zurück."

Und plötzlich nach einer Pause, „ich glaube, ich habe mich hoffnungslos in dich verliebt."

Susanne wurde rot, was war ihr da eben herausgerutscht?

Weg, dachte sie, schnell weg.

Aber Peter hielt sie fest, sagte leise, „du weißt nicht, wie lange ich darauf schon warte." Er küsste sie vorsichtig.

Sie standen eng umschlungen da, als Lili um die Ecke bog. Erschrocken trat sie einen Schritt zurück, hoffentlich kommt jetzt niemand. Pech, die Müllerin, die unsympathischste aller Kolleginnen, die größte Klatschtante, trippelte die Treppe herunter.

„Ach, ich wollte dir schon lange etwas geben", Lili überwand sich zu einem freundlichen Ton, die Müllerin blieb stehen, zögernd, Lili gehörte ganz gewiss nicht zu ihren Freundinnen.

„Was denn?"

„Diese Stundenblätter zu Nathan, du weißt schon, ich habe sie noch oben liegen."

„Das kann warten, ich habe jetzt Ferien."

Lili versuchte höflich zu bleiben, was für eine Situation, aber sie musste Susanne um jeden Preis retten.

Die Müllerin machte schon den Mund auf, um „Tschüss" zu sagen.

„Die Jacke ist super, die du da anhast."

Was für ein billiges Kompliment, die Jacke hat eine scheußliche Farbe.

Die Müllerin blieb stehen.

„Also gut, wenns regnet kann ich einen Blick darauf werfen."

Sie gingen zurück ins Lehrerzimmer, Susanne war gerettet.

Er habe noch ziemlich viel zu erledigen, sagte Peter, aber abends gegen acht, könnte er bei ihr vorbeischauen. Susanne nickte, blickte zu Boden.

„Ich freue mich", flüsterte sie kaum hörbar, stieg ins Auto, winkte kurz und fuhr davon. Sie zwang sich, sich auf den Verkehr zu konzentrieren. Zuhause besprach sie die Ferien mit Frau Gant, fütterte und wickelte Thommy, legte ihn zum Mittagsschlaf.

Sie fühlte sich entsetzlich, schämte sich, was war nur in sie gefahren. Sie musste ihn anrufen, sich entschuldigen, sagen, das sei nur ein Witz gewesen. Peter konnte nicht ernsthaft in sie verliebt sein und sie, besser, so schnell wie möglich wieder in die Realität zurückfinden. Ein uneheliches Baby, schon wieder schwanger, das geht überhaupt nicht.

Das Telefon klingelte.

„Ihr habt da eine saubere Show abgeliefert", sagte Lili, „hättet ihr nicht einen diskreteren Platz finden können. Mit Mühe konnte ich die Müllerin weglocken, du weißt ja, eine Katastrophe, wenn sie euch gesehen hätte."

„Lili, ich weiß nicht, wo mir der Kopf steht, zu allem Überfluss will er auch noch abends kommen, ich glaube, ich sage einfach ab, ich finde einen Grund."

„Nein, auf keinen Fall, du kochst ihm was Schönes."

„Was denn? Lili, es ist mir so peinlich, ich habe angefangen." Susanne klang verzweifelt.

„Nur Ruhe, Männer mögen Steaks, einen Salat dazu, und du machst einen von deinen guten Kuchen, Peter liebt Süßes", fügte sie in einem anzüglichen Unterton hinzu.

„Ich muss noch putzen, das Bett neu überziehen, Haare waschen, ich schaffe das einfach nicht."
„Warte, in einer halben Stunde bin ich bei dir, passe auf Thommy auf, du gehst einkaufen, kochst und machst dich hübsch."
Susanne rang um ihre Fassung, die Freundin hatte gut reden.
Lili dachte, das ist schon lange fällig, sie wünschte sich, dass die beiden glücklich wurden.
Peter kam pünktlich, sah eine verlegene junge Frau vor sich, legte den Arm um sie und küsste sie, diesmal schon etwas drängender. Er hatte einen wunderschönen Blumenstrauß mitgebracht, „damit du dich an mich erinnerst, wenn ich nicht da bin."
Susanne war schweigsam, Peter eher aufgedreht.
Nach dem Essen setzte sie zaghaft an, „Peter, ich habe dich da einfach überfallen", sie sprach von keinerlei Verpflichtungen seinerseits, von nicht so gemeint haben. Peter betrachtete sie mit diesem etwas spöttischen Lächeln, das sie so gar nicht mochte.
Er ließ sie reden, stand auf, zog sie zu sich empor, hielt sie fest, Susanne spürte ihn und alle ihre Bedenken waren wie weggeblasen.
„Willst du es wirklich", flüsterte er nahe an ihrem Ohr, Susanne sah ihn nicht an und nickte nur.
„Ich weiß nicht, ob man mit einer schwangeren Frau überhaupt schlafen darf?"

Ganz stimmte das nicht, er hatte gegoogelt, Schwangerschaft und Sex.

„Alles was die Mutter glücklich macht, ist für das Kind gut", flüsterte Susanne zurück.

Er war sehr sanft, sehr zärtlich, wusste, er durfte sie nicht erschrecken. Peter war anderen Sex gewohnt, leidenschaftlich, sich gegenseitig aufpeitschend, und jetzt zum ersten Mal fühlte er, dass Sex auch Liebe sein konnte.

Sie frühstückten zusammen, Peter musste noch packen.

Am Flughafen hatte er viel Zeit, rief sie an: „Ich liebe dich, pass auf dich auf. Am liebsten würde ich gar nicht wegfliegen, sondern lieber bei euch bleiben. In den Ferien bin ich immer aus München geflohen, aber jetzt freue ich mich auf das Zurückkommen, weil ich weiß, dass jemand auf mich wartet. Und du streichst nicht dein Wohnzimmer, das ist viel zu gefährlich, du musst dich ausruhen." Susanne war glücklich, sie hätte alles versprochen.

Peter wollte die Zeit in New York nutzen, um darüber nachzudenken, wie es weitergehen sollte.

Am besten, er besuchte seinen väterlichen Freund Bill, eine Sitzung brauchte er nicht, aber wieder einmal einen verständnisvollen Gesprächspartner.

XXI

Thommy war 15 Monate und Sascha 2 Monate alt, als Peter beschloss, Susanne und die Kinder seinen Eltern vorzustellen. Es hatte praktische Gründe, er war es leid, stets neue Ausreden finden zu müssen, warum er nicht kommen könne, weshalb er nicht zum Essen bleiben wolle.

Die Mission war heikel, wie sollte er die Situation seinen Eltern erklären? Deshalb vorsichtshalber telefonisch einen Besuch vereinbaren, die Kinder ankündigen, dann könnte jeder sich zurückziehen, falls die Vorbehalte seiner Eltern zu groß wären.

Aber Peter war zuversichtlich, sein Vater, so konservativ er auch war, würde Susanne nicht ablehnen und seine Mutter die Kinder mögen.

„Mama, habt ihr am Samstagnachmittag Zeit? Ich möchte euch jemanden vorstellen."

„Ja, natürlich!" Ehrlich begeistert klang das. Er konnte die freudige Erwartung seiner Mutter geradezu spüren.

Peter schmunzelte vor sich hin, er kannte ihre Denkweise zu gut, endlich habe er wieder eine Frau, konnte ja so auch nicht weitergehen, dieses Junggesellenleben in seinem Alter, an jeder habe er etwas auszusetzen, ein junger Mann habe schließlich Bedürfnisse, man höre ja so viel von den, wie sagt man? One-Night-Stands, gar nicht auszudenken, welchen Gefahren er sich da aussetze. Peters Vater nahm ihre Sorgen nicht ernst, Peter sei alt genug, er wisse schon, was er tue. Nun endlich, eine junge Frau, wie schön.

„Vielleicht kannst du dich auch an sie erinnern, vor vielen Jahren habe ich mal für meine Kollegen ein kleines Sommerfest bei euch im Garten veranstaltet, da war Susanne dabei. Maja fand das damals ziemlich langweilig."

Eine Lehrerin also, dachte sie, auch gut, ich hätte mir etwas anderes gewünscht für ihn.

„Was soll ich herrichten, Kaffee und Kuchen, ein Abendessen?" Peter lachte.

„Mama, was immer du machst, ist gut, mit dem Abendessen weiß ich nicht genau. Übrigens kommen wir nicht alleine, wir bringen noch zwei Personen mit, Thommy ist gerade mal 15 Monate alt und Sascha 2 Monate."

Pause.

„Mama, bist du noch dran?"

Ihre Stimme versagte, sie musste sich räuspern.

Eine Frau mit Kindern? Das mochte heiter werden, warum hat er nicht schon längst sich eine Partnerin gesucht, geheiratet und selbst Kinder gezeugt, und jetzt das, eine Katastrophe.

„Peter, sind das ihre Kinder? Ist sie geschieden, oder was?"

„Mama, mach dir nicht so viele Gedanken, sie sind beide zwar lebhaft, aber ganz lieb, keine

Schreihälse wie dieser Balg deiner Nichte. Wir werden einen gemütlichen Nachmittag haben."

Sie war sprachlos, er war auf ihre Frage gar nicht eingegangen, hatte nichts gesagt über diese Verhältnisse, was sollte sie davon halten, was mutete er ihnen zu. Sie nahm sich zusammen, vielleicht war es auch ganz anders, vielleicht eine noch größere Katastrophe?

„Wir bringen alles mit und wie lange wir bleiben können, hängt von den Kindern ab. Und noch etwas, Mama, ich möchte nicht, dass du irgendwo oder irgendjemandem etwas von Susanne und den Kindern erzählst, nicht in Vaters Verbindung, nicht im Golfclub und schon gar nicht deinen Freundinnen oder den Verwandten oder dem ganzen Maja-Clan. Und ich möchte auch keinerlei Kommentar von euch, weder positiv noch negativ, ihr sollt sie nur kennenlernen. Susanne und die Kinder sind ausschließlich meine Angelegenheit."

Sie schluckte, „mal sehen, warum stellst du sie uns dann vor, wenn das so ein Geheimnis ist?"

„Nein, nicht mal sehen, du versprichst es mir. Ich möchte, dass ihr wisst, mit wem ich meine Zeit verbringe."

Das musste sie erst verdauen, sie genehmigte sich einen großen Cognac und ging in den Garten zu Peters Vater.

Er wiegte den Kopf, „das sind ja Neuigkeiten, warten wirs ab. Nach der Katastrophe mit Maja kann es nur besser werden." Er hatte Maja nie gemocht, Peter zur Scheidung geraten, schon sehr früh, als er sah, wie sein Sohn litt.

„Peter hat viel durchgemacht, hat viel gelernt, ich vertraue auf sein Urteil, und Kinder wollte er schon immer, du übrigens auch", sagte er, „womöglich haben wir sie jetzt."

Als Peter Susanne von dem verabredeten Besuch erzählte, musste auch sie sich setzen.

„Was hast du dir dabei gedacht, du überfällst sie mit einer Freundin und ihren zwei unehelichen Kindern. Womöglich glauben sie, du seist der Vater?"

Peter amüsierte sich, „sie wissen gar nichts, ein bisschen Spannung muss sein."

Der Tag kam, Susanne war nervös, sie warf sich in Schale, wie Peter bemerkte, auch die Kinder wurden herausgeputzt. Peter musste Sascha auf dem Arm tragen, sie würde Thommy an die Hand nehmen und hoffte, dass die beiden kein Gebrülle anfingen, das taten sie fast immer zur unrechten Zeit. Peter kaufte Blumen und so standen sie an der Gartentüre.

Peters Vater hatte sie schon eine Weile beobachtet, wie sie aus dem Auto stiegen, die Kinder herausholten, hübsch, dachte er, sehr zierlich, sie ging ihm gerade bis zum Kinn und sah etwas angespannt zu Peter auf.

„Sie kommen", sie gingen dem Besuch entgegen.

Peter überreichte formvollendet und lachend

den Blumenstrauß, stellte Susanne und die Kinder vor, sie setzten sich in den Garten an die Kaffeetafel. Sein Vater hatte den alten Kinderstuhl, ein Dreirad und einige Spielsachen herausgekramt und verschwand nach einer Weile mit Thommy an der Hand in seiner Werkstatt.

Die Stimmung war freundlich, reserviert, das Gespräch drehte sich um den Garten, die Schule, die Kinder. Sascha spielte mit Susannes Bluse, sah aufmerksam zu Peters Mutter, streckte die Händchen nach der Rassel aus, die ihm entgegengehalten wurde.

„Darf ich ihn mal auf den Arm nehmen?", fragte sie.

Als Sascha sich strahlend von der neuen Oma herumtragen ließ, dann glücklich in seinem Wagen einschlief, war der Bann gebrochen. Sie blieben zum Essen, ein friedlicher, warmer Abend.

„Na, wie wars?", fragte Peters Vater später.

„Thommy kommt ganz nach ihr, aber Sascha sieht Peter ein bisschen ähnlich. Findest du nicht?", fragte sie.

Er antwortete nicht gleich, strich sich nachdenklich übers Kinn, „Thommy ist ein schlaues Bürschchen und sie, sie ist jedenfalls sehr nett, etwas zurückhaltend, aber Peter wird schon wissen, was Sache ist, mal sehen, wie es weitergeht", er legte den Arm um seine Frau, die nicht unglücklich wirkte und gerne ein wenig Großmutter gespielt hatte.

Probleme?

Für Peter ist die Situation nicht einfach, dachte er.

XXII

Susanne stand am Fenster, das hell erleuchtet in die Nacht hinaus strahlte.
Sie wartete, angespannt, unruhig, was würde zuerst klingeln, das Telefon, das Handy?

Wieder ging sie ins Bad, prüfte ihr Spiegelbild, und wie so oft, fragte sie sich, was er an ihr finde.

Sicherlich, sie war rank und schlank, dunkle Haare, nicht hässlich, durchschnittlich eben.

Warum er, gerade Schulleiter geworden, jung mit seinen 35 Jahren, er könnte jede haben.

Sex war es sicher nicht, sie hatte so wenig Erfahrung, er liebe ihre jungfräuliche Hingabe, hatte er ihr einmal ins Ohr geflüstert, das meiste aber hatte er ihr beigebracht.

Oder waren es doch die Kinder, wegen denen er kam?

Thommy, der schon fest auf seinen kleinen Füßen stand, ihm jedes Mal entgegen rannte, den Gang entlang bis zur Treppe, und Sascha, noch wackelig auf den Beinen, krabbelte seinem Bruder nach.

War es das, was ihm, dem allzu jungen Witwer, fehlte? Suchte er bei ihr ein Familienleben, oder übte er es nur mit ihr, als eine Art Vorbereitung auf eine eigene Familie?

Sie zwang sich aufzuhören mit dem Grübeln, sie

musste ihre Verlustängste überwinden, die ständig wiederkehrenden Albträume, nachts, wenn sie alleine war.

Eines Tages würde er ihr sagen, ich habe die Frau meines Lebens gefunden, es war schön mit dir und den Kindern. Sie würde zurücktreten, keine Szene machen, Verständnis zeigen.

Sie wandte sich ab vom Spiegel. Immer wieder nahm sie sich vor, innerlich unabhängiger zu werden, selbstbewusster, eigene Lebenskreise zu finden, damit sie ihm etwas entgegensetzen konnte, der Verlust seiner Zuwendung sie nicht in den Abgrund reißen würde.

Aber jetzt, jetzt war es noch nicht so weit, so lange wie möglich wollte sie die Zeit mit ihm genießen.

Er würde kommen, heute, er hatte es ihr versprochen, trotz der Party bei seinen Freunden, die sie nicht kannte, die ihr aber aus seinen Erzählungen fast vertraut vorkamen.

Er wollte den Abend lieber mit ihr verbringen, und nun war es Abend und noch immer kein Anruf.

Wieder ging sie zum Fenster, schaute in die Dunkelheit, drehte sich um. Sie betrachtete ihre Söhne, die lebhaft und fröhlich miteinander spielten, nichts ahnend von den schwermütigen Gedanken ihrer Mutter.

Könnten sie ihr helfen, wenn es soweit war?

Der Klingelton erschreckte sie, wohin war sie abgedriftet? Automatisch nahm sie den Hörer in die Hand, die geliebte Stimme drang kaum zu ihr vor: „Hallo, Liebes, in einer halben Stunde bin ich bei dir."

„Bis gleich", konnte sie sich noch abringen, ehe sie in Tränen ausbrach.

XXIII

Peter pfiff vor sich hin, schnappte das Handtuch, rubbelte das dunkle Haar. Vorsichtshalber rasierte er sich noch einmal, sie mochte die kratzigen Stoppeln nicht, liebte aber den Duft seines Rasierwassers. Er hatte ein ganzes Set seiner teuren Körperpflegemittel bei ihr deponiert, denn sie benutzte nur die Billigmarke Nivea. Mehr könne sie sich nicht leisten, mag sein bei ihrem Gehalt, alleinerziehend, zwei Kinder, 400 Euro Unterhalt für beide. Andererseits selber schuld, sie nahm von ihm nichts an.

Was sie wohl wieder gekocht hatte? Schon dafür verzichtete er gerne auf den sogenannten gemischten Abend seiner Verbindung. Jedes Mal versuchten sie, ihn zu verkuppeln mit einer der zahlreichen Freundinnen, extra für ihn eingeladen. Und dann Uschi, die Frau von Philipp, seinem besten Freund, die ihm, seit sie von seiner Beförderung zum Schulleiter wusste, immer drängender zu verstehen gab, sie wäre bereit, wenn er nur wollte. Nein, danke! Er konnte sie nicht ausstehen, diese Weiber, wenn sie einen weiteren Knopf ihrer Blusen öffneten, sich an ihn drückten mit fast nichts unter den dünnen Fetzen. Klasse hatte das nicht. Vielleicht war er zu sehr verwöhnt worden von Maja, sie hatte alles gehabt, Klasse, Stil, Intelligenz

– wie weit weg war das schon, nur noch eine Erinnerung.

Er hatte abgesagt, eine familiäre Verpflichtung, beinahe stimmte das auch, Verpflichtung nicht, sondern Vorfreude auf einen gemütlichen Abend nach dieser stressigen Woche.

Er konnte Susanne einfach nicht in diesen Kreis mitnehmen. Sie würden kein gutes Haar an ihr lassen, was, auch noch zwei kleine Kinder, wo hat sie die denn her, das kannst du doch selber besser. Nein, er konnte sie nicht diesen Boshaftigkeiten aussetzen. Später vielleicht, wenn er sich entschieden hatte, müssten sie es akzeptieren. Das aber hatte noch etwas Zeit.

Sollte er Champagner mitnehmen? Sie trank nicht viel, vertrug nur wenig. Aber er hatte Lust auf diese prickelnde Anregung. Es müssten auch noch zwei, drei Flaschen Wein in dem Karton sein, den er sich aus der Toskana schicken ließ und ebenfalls bei ihr deponierte. Bei ihrem ersten Abendessen hatte sie ihm einen Rotwein vom Discounter serviert, grauenhaft, er sei ihr von Lili empfohlen worden.

Es war höchste Zeit, eine halbe Stunde hatte er gesagt.

Er parkte das Auto vor dem mehrstöckigen Wohnblock, 3. Stock, drei Zimmer, Küche, Bad.

Was für ein schöner Abend, Mondlicht beleuchtete den Himmel über den dunklen Bäumen hinter dem Haus. Eine milde Luft, vielleicht könnten sie noch ein wenig auf dem Balkon sitzen, nach dem Essen, wenn die Kinder im Bett waren.

Er blickte hinauf, der Fassade entlang, sie waren also im Wohnzimmer, nur dort brannte Licht. Thommy würde schon an der Treppe warten und auf sein Kommando auf ihn zu hopsen, vertrauensvoll, ohne jede Angst. Er würde ihn auffangen, hochwerfen, ihn unter den Arm klemmen und mit der anderen Hand Sascha aufsammeln. Unter jedem Arm ein Kind, jauchzend, strampelnd vor Vergnügen, wird er auf sie zugehen. Er liebte sie, wie sie so dastand, mädchenhaft, ein Lächeln voller Wärme.

Heute jedenfalls würde er ihr Problem nicht lösen, heute wollte er genießen, ihre Nähe, ihren Körper.

XXIV

Susanne schob den Kinderwagen über die sandigen Wege des Friedhofs, Sascha thronte darin und Thommy ließ sich auf einer Art Trittbrett mitfahren.

Susannes Mutter trug den Korb mit den Begonien, die sie pflanzen wollten.

Der schöne Sommertag und die Kinder milderten den traurigen Anlass dieses Ausflugs. Heute vor 25 Jahren war sie mit ihrer Mutter auch hier am Grab gestanden, hatte vor Tränen kaum sehen können, wie der Sarg ihres Vaters langsam in das tiefe Loch versenkt wurde. Endlich hatte sie begriffen, nie wieder würde er zurückkommen, nie wieder sie hochheben, nie wieder die Hände hinter dem Rücken verstecken, um sie raten zu lassen, was er mitgebracht hatte. Susanne zählte damals sieben Jahre, ihre Mutter war so alt gewesen wie sie jetzt.

Thommy wollte der Oma sofort mit den Blumen helfen, Sascha setzte sich mitten in die Erde und ließ sich nur widerstrebend weglocken, um eine Gießkanne zu holen.

Susanne dachte immer noch voller Unbehagen an jene Zeit, sie musste in den Hort, die Witwenrente war gering, die Raten der gerade gekauften Wohnung fällig, die Mutter fing wieder an zu arbeiten, als Buchhalterin, zunächst in einer großen Firma, dann bei einem kleinen Unternehmen, in dem sie inzwischen die rechte Hand des Chefs geworden war.

Die Oma setzte das letzte Pflänzchen, Thommy wollte gießen, Sascha hielt die Hände unter den Wasserstrahl und so wurde eher er nass als die Blumen.

Susanne nahm Sascha auf den Arm, Thommy versuchte seine Hose von der Erde zu befreien, bis die Oma ihn an die Hand nahm. Sie blieben noch eine Weile vor dem Grab stehen, jede in Gedanken versunken.

„Keiner konnte je deinem Vater das Wasser reichen."

Die Mutter dachte an ihre verflossenen Bekanntschaften, die nie wirklich zu einer dauerhaften Beziehung führten. Gerade deshalb hatte sie sich für ihre Tochter ein intaktes, glückliches Familienleben gewünscht. Früh war sie Witwe geworden, musste für ihre Tochter allein aufkommen, ein ungerechtes Schicksal, das sich nun in gewisser Weise bei ihrer Tochter wiederholte, aber Susanne war selbst schuld, sie hätte auf einer Heirat bestehen sollen, und dann gleich noch ein zweites Kind, dieser rücksichtslose, egoistische Vater war für sie die Unperson schlechthin.

Susanne hatte sich genug Vorwürfe anhören müssen, bis schließlich ihre Mutter in der Rolle der Großmutter eine neue Aufgabe fand.

„Was macht denn dein Peter?"

Susanne zuckte die Achseln, über ihn wollte sie auf keinen Fall mit ihrer Mutter sprechen.

„Er wird dich eines Tages sitzen lassen, so wie dein Verflossener."

„Hör auf damit", sagte Susanne, es klang schärfer als beabsichtigt, „er hat keinerlei Verpflichtung und kann tun und lassen, was er will."

Susannes Zukunftspläne waren lange geprägt von diesem allmählich idealisierten Zustand einer heilen Familie aus ihrer frühen Kindheit, unbewusst verstärkt von den Erzählungen ihrer Mutter.

Als Susanne ihren Freund Stefan zum ersten Mal nach Hause gebracht hatte, war ihre Mutter sehr zufrieden, ein Schwiegersohn nach ihren Wünschen, etwas trocken vielleicht, etwas zu sehr mit seinen sportlichen Aktivitäten beschäftigt, aber sonst ein vielversprechender zukünftiger Ehemann mit besten finanziellen Aussichten.

Ja, das hatte Susanne auch einmal gedacht. Wie lange war das schon her?

Das Ergebnis konnte sich sehen lassen, dachte sie bitter, Thommy und Sascha. Kein Vater, kein Ehemann. Ihre Söhne..., Schwiegertöchter würde sie haben, Enkel, Susanne lächelte, sie brauchte keinen Ehemann mehr. Für die Liebe hatte sie Peter. Susanne wusste, dass das so nicht stimmte, aber wen ging das etwas an?

Sie musste ihr Leben allein einrichten, meistens gelang es, manchmal aber nicht.

XXV

Susanne war genervt, sogar unglücklich. In zwei Monaten sind Sommerferien, zum ersten Mal haben wir ein Problem, dachte sie, und beugte sich zu Thommy, um Peter nicht antworten zu müssen.

Sie waren nun schon eineinhalb Jahre ein Liebespaar, wie Susanne ihr Verhältnis nannte. Außer Peters Eltern, ihrer Mutter und Lili wusste niemand davon.

„Du kommst mit", Peter klang streng, befehlend.

„Nein!"

„Wie kann man nur so stur sein! Meine Eltern freuen sich doch, wenn wir zusammen Urlaub machen, es ist ein schönes Hotel, direkt am See und ins Salzburger Land auch nicht weit zu fahren."

Seit Majas Tod verbrachte er jedes Jahr mit seinen Eltern 14 Tage in diesem Golfhotel.

„Ins Hotel mit den Kindern geht nicht, sie haben in dem engen Zimmer keinen Platz zum Spielen, sie können nicht mit uns ins Restaurant, dazu sind sie noch viel zu klein, wo und wie soll ich für sie kochen. Es geht einfach nicht."

Thommy sprang mit beiden Füßen in die Pfütze und Sascha konnte gerade noch davon abgehalten werden, er beschwerte sich lautstark, wollte auch

in die Pfütze.
„Und so würdest du dann mit den Kindern in das vornehme Restaurant gehen?"
Peter seufzte, wahr ist, dass sie unberechenbar waren, für jeden Unfug zu haben. Normalerweise freute er sich an ihrem Übermut, spielte mit, vielleicht waren sie wirklich noch zu klein für ein Hotelleben.
„Mama hat vergeblich versucht, eine der beiden Suiten für uns zu bekommen, die muss man leider ein Jahr vorher bestellen, das mit dem Essen würden wir wahrscheinlich eher hinbekommen."
Er blickte ärgerlich vor sich hin, seine Mutter hatte Verständnis für Susannes Bedenken, aber er war enttäuscht. Sie blieben stehen, Thommy rannte zur Rutschbahn, Sascha trippelte hinterher.
Susanne betrachtete die Falten auf seiner Stirn, sie bewegten sich nicht. So sanft wie möglich sagte sie: „Es ist vor allem der Urlaub deiner Eltern, ich kann ihnen den Stress mit den Kindern nicht zumuten", und mir auch nicht, dachte sie, sie spielen Golf und ich sitze den ganzen Tag am Spielplatz, hätte dafür zu sorgen, dass sie lieb und nett und ruhig sind, damit wir die anderen Gäste nicht stören und das für diesen unglaublichen Preis. Lieber gehe ich wieder auf meinen Bauernhof, das werde ich sowieso tun, soll ich ihm vorschlagen dorthin mitzukommen? Lieber nicht, er würde es langweilig finden, kein Golf, kein Tennis, kein Segeln, kein Schwimmen, kein langes Wandern, höchstens mal

joggen.

„Und außerdem kann ich mir einen solchen Urlaub nicht leisten", sagte sie laut.

„Ich weiß, ich weiß, etwas Dümmeres fällt dir auch nicht ein."

Nun war er wirklich zornig.

„Ich mache nicht auf deine Kosten Urlaub, ein Hotel, das mindestens 400 Euro am Tag kostet, davon leben wir zwei Wochen!"

„Du willst es nicht begreifen, ich esse oft genug bei dir, schlafe bei dir, du nimmst nie etwas an, da ist es recht und billig, dass ich unseren gemeinsamen Urlaub finanziere."

„Nein!"

Sie streckte sich und küsste ihn auf das Ohrläppchen, die Zornesfalten auf seiner Stirn müssten doch zu vertreiben sein. Er sah sie an, die Mundwinkel rückten ein wenig nach oben. Merkwürdig, sein Vater hatte für ihr Unabhängigkeitsgetue Verständnis: „Du musst den Status ändern, ein gemeinsames Konto einrichten oder etwas ähnliches", hatte er ihm gesagt.

Er zog sie fest an sich, streichelte etwas gedankenverloren ihre Haare.

„Wetten, dass du in den nächsten Ferien mitkommst?"

„Oh", lächelte sie, „ich wette, dass nicht... Die nächsten Ferien sind im Herbst, da fliegst du nach New York, wie immer, dann die Weihnachtsferien, da gehst du mit deinem Clan die ganze Zeit nach

St. Moritz. Was bekomme ich, wenn ich gewinne?"

Peter klang schon versöhnlicher: „Wenn ich gewinne, suche ich Ort und Zeit aus und du darfst nur ja sagen, und wenn du gewinnst, kaufen wir dir eine komplette Skiausrüstung", „die dann im Keller vergammelt", ergänzte sie.

„Nein", Peter hielt sie fest, betrachtete sie mit diesem sonderbaren Blick, „du fährst natürlich mit mir in den Weihnachtsferien bergauf-bergab."

„Was ist das für ein Deal, du gewinnst doch nicht, sondern ich!"

Endlich lächelte er und wanderte mit seinen Lippen sanft über ihr Gesicht.

Susanne schloss für einen Bruchteil von Sekunden die Augen und hoffte, dass er ihren leisen Seufzer nicht gehört hatte.

„Wir haben eben eine lockere Beziehung", sagte sie.

„Eine lockere Beziehung? Was ist das?"

„Du triffst deine Freunde in dieser Verbindung oder sonst wo, du spielst Golf, du verreist allein oder mit deinem Clan. Ich kenne niemanden von ihnen, ich habe keinerlei Anteil an deinem Leben. Natürlich kannst du machen, was du willst, du bist absolut frei, so zu leben. Das nennt man eine lockere Beziehung."

„Und ich dachte, ich bin in festen Händen?"

„Umgekehrt kennst du mein Leben bis ins kleinste Detail, meine wenigen Freunde und Kollegen sind auch deine. Ich verbringe das bisschen

Zeit, das ich habe, ausschließlich mit dir, du kommst und gehst, wann du willst."

So deutlich hatte Susanne ihre Situation noch nie dargestellt.

Er musterte sie leicht amüsiert und wickelte ein Löckchen ihrer dunklen Haare um seinen Zeigefinger. Es war Zeit, er würde den Status ändern.

„Ich liebe dich", sagte er.

Thommy zerrte an seiner Hose, wollte mit ihm spielen und Sascha, der vor ihnen her hüpfte, hatte etwas gefunden, was er eben in seinen kleinen Händen zermatschte.

XXVI

Susanne hatte eine Mail bekommen. Das war nichts besonderes, täglich trafen sie ein, von Schülern, Kollegen. Diese aber brachte sie aus der Fassung.

„Hi Susanne, ich bin wieder einmal in Deutschland, werde meine Eltern besuchen und fahre mit ihnen bis München (sie machen in Italien Urlaub). Sie kennen ihren Enkel Sascha noch nicht und ich würde meinen zweiten Sohn auch gerne mal sehen. Ich hoffe, es lässt sich einrichten, dass wir Euch am Wochenende 21./22. Juli besuchen. Herzliche Grüße Stefan."

Susanne starrte vor sich hin, warum ließen sie sie nicht in Ruhe, sie hatten kein Recht in ihrem Leben wieder aufzutauchen. Seit sie ihn rausgeworfen hatte, schrieb er gelegentlich eine Mail, die sie nur selten beantwortete. Nach der Geburt von Sascha hatte er eigentlich kommen wollen, dann aber in letzter Minute abgesagt. Sie erinnerte sich nicht mehr an den Grund, nur noch daran, wie froh sie darüber gewesen war. Ein weiteres Mal hatte er sich in ihren Ferien angesagt, sie war daraufhin auf ihren Bauernhof geflüchtet und wollte auf keinen Fall wegen ihm zurück nach München. Seither hatte er keine Besuche mehr vorgeschlagen, sein Job, so viel zu tun. Auch seine Eltern rührten sich nicht, obwohl sie ihnen Geburtsanzeigen mit Bildern von beiden Kindern geschickt hatte. Was wollten sie jetzt? Schließlich rief sie Peter an, sie wusste, sie störte ihn.

„Susanne, bitte, reg dich nicht auf. Lass sie doch kommen, nachmittags zum Kaffee, abends haben wir das kleine Sommerfest bei meinen Eltern im Garten. Lili oder ich holen dich dann zwischen sechs und sieben ab."

Susanne holte tief Luft, daran hatte sie gar nicht mehr gedacht, es war Peters jährliche Einladung der engsten Freunde aus dem Kollegium.

„Kann ich nicht einfach absagen oder gar nicht antworten?"

„Susanne, Liebes, du musst dich der Situation stellen, auch der ledige Vater hat schließlich ein gewisses Recht, die Kinder gelegentlich zu sehen."

„Ich will weder ihn noch seine Eltern sehen!!"
Sie war zu laut.
„Susanne, wovor hast du Angst?"
Sie schwieg.

„Ich muss noch die Konferenz vorbereiten, vor sieben, acht werde ich es nicht schaffen, wir reden dann noch einmal darüber. Ok? Also bis dann."

Nachdenklich legte er auf, hing sie noch immer am Vater ihrer Kinder, oder warum sonst diese trotzige Abwehrreaktion? Er war beunruhigt, konnte er wirklich sicher sein, dass sie ihn nicht nur brauchte wegen der Kinder? Er rief sich ihr letztes Zusammensein ins Gedächtnis, nein, ihre Zuneigung war nicht gespielt.

Susanne schickt eine Mail, um drei Uhr zum Kaffee, am Abend leider nicht, ein Kollegenfest. Ein paar Tage später kam eine neue Mail. „Meine Eltern würden gerne am Freitagabend mit uns essen. Kannst du einen Babysitter besorgen? Stefan."

Peter riet ihr auch zu diesem Treffen: „Dann weißt du wenigstens, was sie wollen. Von unserem Kneipenabend kann ich mich gegen zehn davonmachen, um halb elf bin ich bei dir. Und du nimmst ein Taxi, versprochen?"

Wie verabredet war sie um halb acht im Foyer des Bayerischen Hofs, ließ sich mit dem Zimmer von Stefans Eltern verbinden. Leider, leider, Stefan werde sich verspäten, im Stau, natürlich, er brauche noch mindestens eine dreiviertel Stunde. Man könne sich ja um halb neun im Foyer treffen.

Susanne war wütend, nun musste sie sich irgendwie die Zeit vertreiben, warum ging sie nicht einfach nach Hause? Dann könnte sie wenigstens die Babysitter-Stunden sparen. Warum fühlte sie sich so hilflos in ihrem Zorn, warum war sie so nachgiebig? Sie schlenderte die Theatinerstraße auf und ab, sah kaum die teure Mode, zurück zum Hotel. Ja, ja, Stefan habe angerufen, er würde gleich da sein, ihr Mann und sie müssten sich noch fertig machen, in einer Viertelstunde also.

Ihr Handy klingelte.

„Na, wie geht's?", fragte Peter.
„Ich warte seit einer Stunde!"
„Gib ihnen noch 5 Minuten."
Seine Eltern kamen, begrüßten sie reserviert. Stefan stieg aus dem Aufzug, er hatte sich nicht verändert. Tut-mir-leid-Gehabe nach allen Seiten, Susanne duldete keine Umarmung.

Sie gingen zum Franziskaner, Suppe, bayerisches Hauptgericht, Nachtisch, Susanne war der Hunger vergangen, für sie nur ein kleines Gericht, ein Mineralwasser, Du-musst-doch-nicht-auf-deine-Linie-achten-Gerede. Wie konnte sie dieses Essen so schnell wie möglich hinter sich bringen, sie wollte nach Hause, Peter sehen und spüren. Stefans Eltern unterhielten sich fast ausschließlich mit ihrem Sohn, kaum eine Frage zum Wohlbefinden der Kinder.

„Wir sehen sie ja morgen und sind schon sehr neugierig."

Susanne musste sich zusammennehmen, suchte nach einem Grund, augenblicklich zu gehen, was sollte sie hier. Endlich, die Rechnung bitte!

„Papa wir teilen natürlich, aber ich bin nicht mehr zur Bank gekommen, kannst du es bis morgen auslegen?"

Auch das hatte sich nicht geändert, stets drückte sich Stefan vor dem Zahlen.

„Für mich brauchst du nichts auslegen", Susanne gab ihren Anteil passend der Bedienung. Lauter Protest, betretenes Schweigen, Stefans Vater zahlte den Rest.

Sie standen vor dem Franziskaner, die Straßenbahn hielt direkt davor.

„Ihr habt euch sicher noch viel zu erzählen, macht euch einen schönen Abend. Papa und ich brauchen jetzt einen kleinen Verdauungsspaziergang."

„Leider nein, ich muss nach Hause, mein Babysitter kann nur bis halb elf bleiben, schließlich bin ich schon seit sieben weg."

„Dann kann dich Stefan nach Hause bringen."

Das fehlte gerade noch. Sie würde ihn nicht mehr loswerden, er würde unbedingt in ihre Wohnung kommen wollen.

„Nein danke, da sehe ich schon meine Straßenbahn, bis morgen gegen drei Uhr, tschüss."

Für Händeschütteln war keine Zeit mehr, sie lief auf die andere Seite, stieg ein. Geschafft. Die drei sahen ihr verblüfft nach.

Ihr Handy meldete sich.

„Susanne, wo bist du? Du hattest doch versprochen...", sie hörte Peters gespielten Seufzer, „...ich hole dich an der Haltestelle ab."

Da stand er dann, wortlos ließ sie sich von ihm umarmen. „So schlimm?"

Peter bezahlte die Babysitterin, Susanne sah nach den Kindern. Ihr einziger Wunsch, in seinen Armen liegen, sich geborgen fühlen, sich geliebt wissen.

„Wenn er morgen früh auftaucht und mich bei

dir sieht, was sagst du dann?"

„Dann weiß er es eben, mein Liebesleben geht ihn nichts an."

Peter hatte vor, eine Runde Golf zu spielen, seiner Mutter bei der Vorbereitung des kleinen Festes zu helfen und Susanne am Abend abzuholen. Ich werde frühzeitig kommen, dachte er, um mir die Bagage mal anzuschauen, schließlich muss ich wissen, für wessen Kinder ich da die Vaterrolle spiele.

Susanne backte zwei Kuchen, deckte den Tisch, fütterte die Kinder, legte sie zum Mittagsschlaf, zog das Kleid an, das Peter so mochte. Sie war mit sich zufrieden.

Stefans Eltern kamen pünktlich.

„Sascha ist dem Stefan wie aus dem Gesicht geschnitten, ich werde dir Kinderbilder von ihm schicken, einfach süß."

Thommy stand dicht bei Susanne, verweigerte jede Berührung.

Sie hatten ein Lego-Auto für ihn mitgebracht, für Sascha ein T-Shirt von C&A, einen kleinen Blumenstrauß, insgesamt höchstens 20 Euro, schätzte Susanne, wie großzügig! Stefan ließ nichts von sich hören, es wurde halb vier Uhr.

„Trinken wir doch Kaffee", schlug sie vor. Man setzte sich, lobte die Kuchen.

Stefans Mutter sprach vorsichtig von der unmöglichen Situation, sie könnten doch wieder..., die Kinder bräuchten auch einen Vater..., in jeder

Beziehung kracht es mal, man muss auch vergessen können. Susanne ließ sie reden, war es das, was sie wollten, eine Versöhnung? Oder wollten sie sich einfach nur mit Enkeln brüsten? Die Töchter hatten bisher keine Kinder.

Sascha ließ sich nicht auf den Arm nehmen, Thommy blieb an ihrem Rockzipfel.

Es wurde viertel nach vier Uhr, das Handy von Stefans Mutter summte.

„Wo bleibst du denn?" Ach so, ein Ausflug nach Tölz und jetzt ein Stau, natürlich. Der Stau, hieß er Carolin? Oder wie sonst? Susanne unterdrückte ein Lachen, wenn das seine Eltern wüssten.

Um halb fünf kam er, Susanne bot ein Glas Wein an, Peters Wein, Salzgebäck.

„Sehr gut", lobte Stefans Vater. Die Stimmung lockerte sich etwas.

Es klingelte, Peters Zeichen, Thommy rannte aus der Wohnungstüre, den Gang entlang und wartete. Susanne legte den Finger auf den Mund und lächelte, kein Kuss, nur eine kurze Berührung.

„Du bist sehr früh dran", Peter nickte.

Susanne stellte ihn vor, „mein Chef", er begrüßte die Gäste.

„Wir haben uns schon mal getroffen bei einer Kollegenveranstaltung", sagte Stefan, „ich erinnere mich an Ihre sehr attraktive Frau." Er wusste offensichtlich nichts von Majas Tod, oder hatte es schlicht vergessen.

Peter nickte wieder und lächelte weiter.

„Ich bin vor dem Salate machen geflohen und wollte lieber Susanne mit den Kindern helfen."
„Kann ich dir etwas anbieten, einen Kaffee, ein Glas Wein?"
Peter betrachtete seinen Wein, „schmeckt er?"
„Ja, sehr gut."
„Den hat mir ein Weinhändler empfohlen", sagte Susanne, ihre Augen blitzten.
Man unterhielt sich, Smalltalk.
Stefan beobachtete Susanne unentwegt, wie hatte sie sich verändert.
Spannung lag in der Luft, Peter amüsierte sich, so unsympathisch waren sie gar nicht, der Herr Doktor, seine Frau und Stefan, der Manager.
Peter war sich allerdings nicht sicher, ob sie so viel Sensibilität besaßen, die Vertrautheit zwischen ihm, Susanne und den Kindern zu bemerken.
Sie spielte die perfekte Gastgeberin mit einer gewissen Raffinesse, Peter staunte, das hatte er ihr nicht zugetraut.
„Ich werde die Kinder langsam fertigmachen", Stefan folgte ihr in die Küche.
„Ich muss dich unbedingt allein sprechen."
„Das wird nicht gehen, ich bringe morgen die Kinder zu meiner Mutter, weil ich zu arbeiten habe, die Notenkonferenzen sind nächste Woche."
„Es ist dringend", sagte Stefan, er kam einen Schritt näher, Susanne wich zurück.
„Ich komme morgen in jedem Fall zu dir, wenn es sein muss zu deiner Mutter."

Weshalb diese Drohung? Was wollte er von ihr? Susanne gab nach.

„Ich bin zwar gegen halb drei Uhr wieder hier", sagte sie, „werde aber gar keine Zeit haben." Am besten, ich mache ihm einfach nicht auf.

Der Besuch verabschiedete sich, endlich. Stefan setzte sich in sein Auto, sah zu, wie Peter und Susanne die Kinder und einen großen Korb in ihr Auto packten. Wo war denn das Auto von diesem Typ, wie war er hergekommen? Er fuhr ihnen nach, sie hielten vor einem gepflegten Haus, eine ältere Frau kam heraus, sie herzte die Kinder, Lili gesellte sich dazu, er hatte nur unangenehme Erinnerungen an sie, an diesen letzten, fürchterlichen Abend. Sie hatte ja recht, er hatte Mist gebaut, aber was ging sie das an? Damals war er sicher, nach der Geburt des zweiten Kindes würde Susanne heulend zu ihm zurückkommen, stattdessen hatte sie ihre Beziehung aufgekündigt.

Nach einer Weile kamen Gäste mit Blumen, Wein, Geschenken. Das mit dem Gartenfest stimmte also.

Stefan rief Carolin an: „Fertig für heute, morgen muss ich aber nochmal ran." Sie hatten am Nachmittag vereinbart, nach langer Zeit wieder einmal zusammen Urlaub zu machen, in der Schweiz, in einem luxuriösen Hotel.

Susanne konnte das Gartenfest nicht so recht genießen, sie musste diese Verabredung morgen mit Peter besprechen. Heute Abend aber nicht, die

Nacht gehörte ihm, besser morgen früh, verschweigen mochte sie es nicht, diese Offenheit schuldete sie ihm.

Beim Frühstück reagierte Peter zornig. „Was soll dieses Idyll zu zweit, gestern war Zeit genug, er hätte sagen können, was er will! Warum lässt du dich darauf ein?"

Susanne war angespannt, senkte den Kopf. „Ich weiß, aber ich habe ständig Angst, er könnte Rechte an den Kindern einfordern, seine Eltern haben gestern Ähnliches angedeutet."

Peter schien besänftigt: „Das kann er nicht, falls er es versucht, ich kenne gute Anwälte. Ich werde dich jede halbe Stunde anrufen und eure Zweisamkeit stören, wenn es mir zu viel wird, tauche ich auf."

Susanne versuchte zu lächeln, das klang ein bisschen nach Eifersucht, etwas Neues in ihrer Beziehung. Sie zog ihn zu sich herab, küsste ihn.

„Vielleicht kommt er nicht."

Peter half ihr und den Kindern ins Auto, sie fuhr zu ihrer Mutter, er nach Hause.

Nach dem Besuch Stefans musste er sie unbedingt sehen, um Klarheit zu haben, was würde sie ihm versprechen, schließlich war er doch der Vater ihrer Kinder.

Gegen drei tauchte Stefan auf, wollte noch etwas zu essen, sie setzten sich auf den Balkon, der Tisch stand zwischen ihnen.

Durchdringendes Telefongeklingle.

„Wie stehts, ist er da? Ich kann mich kaum konzentrieren", Peter schien genervt. Susanne lachte, „du glaubst gar nicht, wie sehr ich mich freue über deine Konzentrationsmängel, ich rufe dich später zurück."

Sie ging wieder auf den Balkon.

„Was gibt es denn so Wichtiges, mach es kurz, der Kollege wartet auf meine Noten."

„Schläfst du mit diesem Typ, deinem Chef?"

Susanne musste sich einen Augenblick sammeln.

„Dazu fehlt mir die Zeit, im Übrigen geht mein Liebesleben dich gar nichts an, aber glaubst du allen Ernstes, dass ein Mann von seiner Qualität ein Verhältnis mit einer Frau anfängt, die zwei uneheliche kleine Kinder hat?"

Da ist etwas dran, überlegte Stefan, dieser Typ bietet einiges und hat, soweit er jedenfalls wusste, eine attraktive Frau, vielleicht gibt es die nicht mehr, das war herauszufinden. Er, Stefan würde sich in jedem Fall eine sozusagen „unbelastete" Frau suchen.

Er begann von seinem Leben in New York zu erzählen, von seinem Job, wie gut er verdiene, nur eines fehle ihm, eine Familie, er liebe sie, fühle sich so einsam, er könne ihr ein Haus, ein Auto, alles, was sie sich wünsche bieten, er brauche sie.

Dieses Geschwätz kannte sie schon, fast wörtlich, sie hatte ihm damals geglaubt, wollte es glauben und war bei dem einmaligen Versöhnungsversuch sofort schwanger geworden. Susanne hatte nie begriffen, wie man von dem bisschen vor und zurück, von einer Fünf-Minuten-Affäre gleich schwanger werden konnte. Heute aber war sie froh zwei so prächtige Söhne zu haben.

Sie hörte ihm kaum zu, dachte an Peters liebevolle Hände letzte Nacht. Nein, von diesem Mann hier am Tisch würde sie sich nie wieder anfassen lassen.

Stefan setzte seinen Hundeblick ein, versuchte ihre Hand zu nehmen.

„Lass uns ganz neu anfangen in den USA, weit weg von den alten Problemen. Wir könnten glücklich sein, nur du und ich und die Kinder."

Durchdringendes Telefongeklingle.

„Ich bin noch nicht fertig mit meinen Noten", sagte sie zu Peter.

„Er ist also noch da? Was macht ihr?"

„Nicht mehr lange, die letzte Phase hat schon begonnen", sagte Susanne aufgekratzt.

Sie kam zurück, strahlend. „Die lieben Kollegen, sie werden immer nervös zum Schuljahresende."

Pause.

„Ich glaube dir, dass du eine Familie gut gebrauchen könntest in Amerika, nicht nur für den Haushalt. Bei den Amerikanern im höheren Management macht es sich gut, wenigstens nach außen hin ein intaktes Familienleben zu haben, ich bin nicht ganz dumm, nicht allzu hässlich und die süßen Kinder, für dich nahezu ideal."

„Du bist unmöglich", sagte Stefan säuerlich, „ich liebe dich wirklich."
Er lehnte sich zurück.
„Die nächsten drei Wochen bin ich hier. Ich erwarte von dir nicht gleich eine Antwort, aber ich bitte dich, denke wenigstens darüber nach, du würdest mich glücklich machen", Stefan blickte sie beinahe flehentlich an, schon wieder der Hundeblick.
„Wir müssten natürlich einiges organisieren, deine Beurlaubung, die Hochzeitspapiere, aber darüber können wir noch sprechen."
„Die Kinder warten, meine Mutter hält den Rummel nicht so lange aus."
Susanne stand auf, vermied ihn anzusehen.
„Ich ruf dich in den nächsten Tagen an", sagte Stefan, „ich weiß noch nicht genau, wie ich zu erreichen bin, hier meine Handynummer, besser du schickst eine Mail."
Nach einer Pause, „du bist wirklich hübsch geworden, die Kinder haben dir gut getan."
Er wollte sie zum Abschied in den Arm nehmen.
„Lass das", fuhr sie ihn an.
Susanne schloss die Türe, lehnte sich einen Augenblick dagegen.
Sie war fertig mit ihm, schon lange sah sie nicht mehr den Vater hinter den Kindern, für sie war er nur noch eine Art Samenspender.
Stefan ging zu seinem Auto, das war nicht so

gelaufen, wie er es sich vorgestellt hatte. In New York galt er halbwegs als verheiratet mit einer Deutschen, zumindest fest liiert, im Unternehmen wurden Junggesellen skeptisch betrachtet, er hätte sie dringend gebraucht.

Hing das doch mit diesem Typ zusammen, dass sie nicht mehr so leicht zu beeindrucken war?

Er mochte sie immer noch, konnte sich gut vorstellen mit ihr wieder zusammen zu leben, so wie früher. Carolin, viel zu fest mit ihrem Job verbandelt, aber auch die Amerikanerinnen, mit denen er gelegentlich das Bett teilte, waren als Ehefrauen absolut nicht zu gebrauchen, viel zu anspruchsvoll, viel zu dominierend.

Er hatte seine Eltern eingesetzt, umsonst, dennoch, über die Kinder müsste es klappen.

Seine Verantwortung als Vater war das Stichwort.

XXVII

Peter kam vom Urlaub mit seinen Eltern zwei Tage eher zurück. Er wollte wenigstens etwas Zeit mit Susanne und den Kindern verbringen, ehe er nach New York flog zur alljährlichen Segeltour mit Marc und drei weiteren Freunden. Susanne freute sich, einige unbeschwerte Tage zusammen war mehr als sie erwartet hatte. Am Ende winkten ihm die Kinder traurig nach, bis sein Auto verschwunden war.

Joseph, ein weitläufig Verwandter des New Yorker Clans charterte eine Hochseeyacht, Marc bezahlte die Kaution. Peter hatte einen Segelschein fürs Hochseesegeln schon früh, während der Studienzeit, erworben und war später zusammen mit Maja und Marc häufig im Mittelmeer bei jeder Wetterlage gesegelt. Nach Majas Tod allerdings mieden beide diese Erinnerungen und segelten mit ihren New Yorker Freunden nur noch vor der Küste Floridas. Hier waren sie noch nie in Stürme geraten. Joseph hatte einen Segelschein für Binnenseen, George und Connor glaubten ihre körperliche Fitness reiche aus.

Peter setzte sich dieses Mal mit gemischten Gefühlen ins Flugzeug. Wenn Susanne wenigstens mit ihm und seinen Eltern ins Salzkammergut gefahren wäre, nun ließ er sie schon wieder allein, viel zu lange.

Andererseits liebte er das Segeln, die unendliche Weite, das schnelle Dahingleiten, nur vom Wind getrieben, das Hochpeitschen der Wellen am Bug, das Zischen der Gischt, am liebsten mochte er die einsamen Nachtwachen unter dem Sternenhimmel, weit weg von jeder menschlichen Behausung, dem Meer ausgeliefert.

Hoffentlich hatten sie ein gutes Boot bestellt.

Anschließend sollte er mit Marc nach Marseille fliegen auf den provenzalischen Landsitz der Familie, den er trotz aller Einladungen nicht mehr jedes Jahr besuchte, zu viele Erinnerungen an Maja. In diesem Jahr konnte er schlecht absagen, denn Marc veranstaltete am Wochenende sein legendäres Fest, zu dem er all die Reichen und Schönen einlud, ein buntes Völkergemisch, aber auch potenzielle Kunden seiner Galerie, die er hier nur zur Sommersaison öffnete. Die Geschäfte liefen gut. Marc stellte ihn stets als Mitgastgeber vor, sagte, dass er ihn brauche.

Peter seufzte, er wusste, die letzte Woche vor den Ferien musste er wieder zurück in München sein, so hatte er es mit seinem Stellvertreter abgesprochen, da blieb auch nicht viel Zeit für Susanne.

Peter landete pünktlich in New York.

Marc hatte wahrscheinlich die halbe Zeit mit ihm verplant für alle möglichen gesellschaftlichen

Ereignisse. Peter wollte unbedingt für Susanne etwas kaufen, ein Kleid vielleicht, einen Pullover, dann konnte er sich vorstellen, wie sie es trug, dann war sie ihm nahe. Er hatte ihr versprochen, in die hochgelobte Ausstellung im MoMA zu gehen, die Bilder mit ihren Augen zu betrachten. Marc würde sich wundern, seit wann interessierte sich Peter für Kunst? Er würde versuchen Marc weiszumachen, dass seine Kollegen ihn für einen absoluten Banausen hielten, weil er die New Yorker Museen so wenig kannte, wo er doch so oft in dieser Stadt sei, das wolle er nicht weiter auf sich sitzen lassen. In Wirklichkeit war es Lili, die ihn damit aufzog, ihm einen New Yorker Kunstführer unter die Nase hielt, in dem alles angestrichen war, was er unbedingt zu besichtigen habe.

Die fünf Freunde flogen nach Florida, sechs Tage auf hoher See, die Prognose, bestes Segelwetter.

Am letzten Tag, weit draußen, kam über Funk die Nachricht, ein Sturm bewege sich in ihre Richtung. Kein Problem, sie waren weit genug entfernt, konnten ihn südlich umsegeln und würden wahrscheinlich rechtzeitig in ihrem Heimathafen sein.

Es gab Spannungen auf dem Boot, wie immer, dieses Mal aber heftiger. Joseph trank zu viel, wurde ausfallend, nörgelte vor allem an Peter herum. Marc versuchte, ihn zu bremsen, wies ihn zurecht, die anderen hielten sich zurück. Gestern Abend hatte er sich wieder betrunken, konnte nur noch in seine Koje wanken, schaffte es nicht mehr zur Toilette, erbrach sich, schnarchte immer noch in seinem Bett. Peter hatte den Boden wortlos aufgewischt, einen Eimer hingestellt.

Nun räumte er vorsichtshalber alles auf, versuchte lose Dinge festzuzurren. Connor half ihm, ob es wohl schlimm werden würde? George hörte den Funk ab, „wir werden vielleicht einige Böen abbekommen, den eigentlichen Sturm aber nicht, wie es aussieht."

Marc nickte Peter zu und dann kamen sie, die Böen, unregelmäßig, gewalttätig.

Die Yacht jagte dahin, die Wellen wurden höher, brachen sich am Bug, schlugen über ihnen zusammen, zogen sich zurück, prasselten erneut auf die Planken.

„Wir müssen abtakeln, ein Sturmsegel setzen", brüllte Marc, der am Ruder stand. Peter hob die Hand, hatte verstanden, Connor wollte zu ihm, allein war es nicht zu schaffen, Connor glitt aus, stürzte auf die Reling zu, Peter sah es, konnte ihn in letzter Minute halten, ihn mit aller Kraft hochziehen. „Seil dich an", schrie er. Die Segel waren locker, der Baum schwankte hin und her, Peter brachte ihn mit Mühe wieder unter Kontrolle, er brauchte Hilfe. „Halt das Ruder fest", Marc packte George, zerrte ihn ans Ruder, sprang zu Peter, gemeinsam schafften sie es. Peter kämpfte sich zum Ruder, die Yacht neigte sich schon bedenklich. George konnte kaum mehr das Ruder halten, ihm war übel, er spuckte unaufhörlich, „geh nach unten, leg dich hin." Peter brachte die Yacht wieder auf Kurs, Marc vertäute mühsam die Segel, Connor war keine große Hilfe, verstand die Kommandos in dem Geheule des Windes nicht. Er war ein Schön-Wetter-Binnensegler auf kleinen Jollen, bei Sturm blieb man am Ufer. Marc deutete auf Peter, „bleib bei ihm", Zeichensprache, „hör den Funk ab." Dort war er sicherer.

Peter wusste, was er zu tun hatte, er spürte förmlich die Yacht, wie sie sich bewegte, wie sie die Wellen schnitt, die an die Wände klatschten, fordernd, als wollten sie das Boot verschlingen, wie der Wind in das Sturmsegel fuhr, laut, knatternd sich drehend. Es war inzwischen dämmrig geworden, Wolken rasten dahin, verdunkelten die Sonne.

Endlich in der Ferne schwache Lichter, aber bis dahin war es noch weit. „Hoffentlich zieht der Sturm nicht Richtung Hafen." Marc war besorgt, dann würden sie nicht einfahren können.

Die Wellen kamen gleichmäßiger, der Wind hatte ein wenig nachgelassen.

Joseph lag immer noch in seiner Koje, er hatte versucht aufzustehen, wurde durch die Kabine geschleudert, rettete sich wieder in sein Bett. Auch George war nicht mehr zu gebrauchen, jedes Aufrichten verursachte erneute Übelkeit.

Der Bootseigner hatte die Yacht angefunkt, wusste, aus welcher Richtung sie kommen würden, eilte mit zwei Mann zur Hafeneinfahrt, fürchtete um sein Boot.

Peter zog das Sturmsegel ein, keine leichte Aufgabe allein, das Boot verlor an Fahrt, Marc schaltete den Motor ein, steuerte den Hafen an. Die Yacht schwankte immer noch stark in den Wellen, die Männer am Ufer versuchten sie mit Stangen festzuhalten, Peter löste die Seile, warf sie ans Ufer, endlich war sie fest vertäut. Connor sprang auf den Steg, sichtlich erleichtert, Peter und Marc stiegen hinunter zu den Kabinen. „Steh auf, du besoffenes Schwein", sagte Marc, schubste den Eimer zur Seite, half Joseph zum Steg, Peter stützte George, die Seekranken schwankten dem Gasthaus entgegen, in dem sie Zimmer reserviert hatten.

Peter säuberte die Eimer in den Wellen, wischte das Erbrochene auf, so gut es ging, sammelte den restlichen Müll ein, das Übriggebliebene im Kühlschrank, die leeren Flaschen, die Scherben der zwei zerbrochenen Teller. Marc stopfte alles, was er fand in die Seesäcke, Peters Sack stand schon gepackt in der Ecke, am Haken festgebunden.

Der Bootseigner betrachtete sein Boot, es schien soweit in Ordnung, er stieg hinunter zu den Kabinen.

„Alles O.K.?"

„Es scheint so, wir sind an den Ausläufern des Sturms entlang gesegelt, ganz schön heftig", sagte Marc.

Sie schleppten das Gepäck zum Haus.

Marc holte an der Theke zwei große Whiskeys, er setzte sich mit Peter auf die Veranda, schweigend stießen sie an, schweigend rauchten sie Marcs Zigarillos.

Peter und Marc hatten ein Doppelzimmer, die anderen teilten sich ein weiteres Zimmer. Peter blieb lange unter der heißen Dusche, die Anspannung löste sich allmählich. Er wollte unbedingt noch mit Susanne sprechen, nur ihre Stimme hören. Kein Empfang im Zimmer, er ging nach draußen, Richtung Steg.

„Susanne, Liebes, ich bin wieder auf dem Festland, ich kann nicht lange sprechen, ich wollte nur sicher sein, dass es euch gut geht."

Peters Stimme hörte sich so fremd an, was war geschehen? Wenigstens war er wieder auf festem Boden.

„Ich vermisse dich, Peter, pass auf dich auf."

Susanne klang warm, gelöst, Peter atmete tief durch, „Susanne, ich liebe dich, bis bald."

Er legte auf, Marc sah ihn stehen, kam zu ihm.

„Das war knapp", Peter nickte, blickte auf die Boote und sah sie doch nicht.

Joseph und Connor, an Land ging es ihnen deutlich besser, gesellten sich zu ihnen.

Joseph blies den Rauch seiner Zigarette nervös in die Luft, „wenn ich einmal ausfalle, gehts drunter und drüber", sagte er, „Marc, du kannst natürlich nicht alles allein machen, aber hättest du nicht einen besseren Kurs finden können? Die Schauke-

lei ging mir ziemlich auf die Nerven, tut mir leid."
Nach einem weiteren Zug aus der Zigarette wandte er sich an Peter, „was hast du eigentlich gemacht? Was kannst du überhaupt", seine Stimme triefte vor Spott, außer reiche Erbinnen bumsen!"
Er warf die Zigarette weg, aber noch ehe sie den Boden erreichte, hatte Marc ausgeholt und einen zielgenauen Haken an Josephs Kinn gelandet. Er wäre weit nach hinten geflogen, hätte nicht Connor, der hinter ihm stand, ihn aufgefangen. Joseph rieb sich das Kinn, bewegte es vorsichtig, das hatte gesessen, er drehte sich abrupt um, ging zum Haus. Peter wandte sich ab, Marc folgte ihm, „das war schon lange fällig, dieser Scheißkerl."
Peter sah ihn lächelnd an, bestellte an der Theke erneut zwei doppelte Whiskeys, „ich mache mit meinen Schülern seit Jahren ein Antiaggressionstraining, heute hast du das Ergebnis gesehen, danke Marc."
Die Küche war noch offen, sie bestellten Steaks für alle.
Marc ging in Josephs Zimmer, „es tut mir nicht leid, das hast du längst verdient. Du entschuldigst dich heute noch bei Peter, damit wieder Friede herrscht."
George wollte lieber nichts essen, Connor sagte: „Peter hat mich in letzter Minute hochgezogen, ich war schon fast über Bord. Ohne die beiden würden wir alle jetzt die Haifische küssen."
Joseph sah vor sich hin, zu was hatte er sich da

hinreißen lassen, er brauchte Marc und den Clan, seine finanziellen Transaktionen liefen im Augenblick wieder mal völlig aus dem Ruder.

Beim Essen wandte er sich an Peter: „Tut mir leid, mein Kater, die elende Schaukelei, es ist mir so herausgerutscht, tut mir leid, Peter, lass uns wieder Freunde sein."

Er streckte die Hand aus, Peter schlug nicht ein, nahm stattdessen das Bierglas, „Prost!"

Marc hatte ihn beobachtet und das leichte Zusammenziehen der Brauen, den feinen kaum merklichen Zug der Verachtung gesehen, der sich in den Mundwinkeln festsetzte. Das hatte er zum ersten Mal in Peters Gesicht wahrgenommen, nachdem er Majas Abtreibung herausgefunden hatte.

Damals wusste er, die Beziehung hatte einen Riss bekommen, der niemals zu kitten sein würde.

XXVIII

In New York hatte Peter zwei Tage Zeit, ehe er mit Marc nach Marseille flog. Bei seinen Spaziergängen durch die Stadt hatte er mehr denn je das Gefühl des Abschiednehmens.

Die Segeltouren in dieser Zusammensetzung, vorbei, die Wohnung Marcs würde er so schnell nicht wieder sehen, die Designerläden nicht, in die ihn Maja regelmäßig geschleppt hatte. Es stimmte schon, er kannte die besten Restaurants, die ausgeflipptesten Clubs, Ballsäle, wo man sich zu den teuersten Benefizveranstaltungen traf, Opernpremieren, zu denen Maja stets ein neues Kleid brauchte, sie wäre am liebsten nur zu den Pausen gekommen, aber Marc wollte keine Minute verpassen, Museen und Ausstellungen besuchte Peter eher selten.

Er kam auch an dem privaten Krankenhaus vorbei, ein dezenter unauffälliger Bau, in dem Maja die Abtreibung hatte vornehmen lassen und wo sie später nach dem Befund der tödlichen Krankheit behandelt wurde.

Er schüttelte die Gedanken ab, Maja begegnete er in New York an jeder Ecke, in München war sie mehr und mehr verschwunden.

Verblassende Erinnerungen, die er gut beherrschte.

Vorbei, sein Schritt wurde beschwingter, sein Blick offener für die Stadt.

Peter dachte an die Kinder, an Thommy und Sascha, er vermisste sie, ihre Fröhlichkeit, das Spielen und Herumtollen mit ihnen. Er hatte lange mit Susanne telefoniert, sich viel erzählen lassen, selbst aber kaum von der Segeltour berichtet.

Susanne wollte die letzten zwei Wochen der Ferien auf ihrem Bauernhof verbringen: „Dort nehme ich die zwei Zimmer mit der Verbindungstüre, das kleinere für die Kinder und das größere für mich. Es gibt noch ein schönes Balkonzimmer, manchmal kann Frau Körber es separat vermieten. Leider haben die drei Zimmer nur ein Bad, aber meistens habe ich den ganzen ersten Stock für mich alleine. Schade, du wirst wohl keine Zeit haben mich zu besuchen? Ich vermisse dich."

Sie hatte hörbar eingeatmet und eine lange Pause gemacht, Peter lächelte vor sich hin.

Er ließ sich die genaue Adresse des Bauernhofs geben, „damit ich weiß, wo du bist, falls das Handy nicht geht." Wie sehr sehnte er sich nach ihr!

Als er mit Marc in Marseille das Flugzeug verließ, war sein Entschluss gefasst, am Dienstagabend nach München fliegen, am Mittwochvormittag rasch an der Schule vorbeischauen, seine Post prüfen, mit seiner Sekretärin das Wichtigste besprechen, dann konnte er am Abend auf dem Bauernhof sein, rechtzeitig zum Abendessen.

Marc war enttäuscht, dass Peter nicht bleiben

wollte bis zu seinem Fest am Wochenende. Er wusste nichts von Susanne, vermutete aber, dass es noch andere Gründe gab als die Ereignisse um das Segeln oder die viele Arbeit vor Schulbeginn.

Peter hatte sich seltsam bedeckt gehalten, als sie, noch in New York, auf der Terrasse saßen.

„Wer hätte um dich getrauert, wenn es schief gegangen wäre?", Marcs Frage war nachdenklich, nicht neugierig.

Peter hatte die Schultern gezuckt, „meine Eltern, ich bin ihr einziges Kind", nach kurzem Zögern, einer abwehrenden Geste, „du vielleicht? Ein, zwei Freunde, mehr nicht." Wahrscheinlich Bestürzung seitens der Kollegen, aber dann ein schneller Ersatz, vorbei, vergessen.

Und Susanne, wie hätte sie es überstanden?

„Sonst niemand?"

Peter hatte ausweichend den Kopf geschüttelt, in Gedanken versunken betrachtete er die gleichmäßigen Bewegungen der Baumkronen.

„Ich bin gerade dabei, wieder zu meinen Wurzeln zurückzukehren, mich dort einzurichten, wo ich hingehöre."

„Wirst du mich daran teilhaben lassen?"

Peter hatte ihn lange angesehen, schweigend genickt.

Am Sonntag, in der Idylle des Landsitzes, schliefen sie lange, trafen die Nachbarn in der privaten, kleinen Bucht, den Montag verbrachte Marc in seiner Galerie, kam abends sehr zufrieden zurück.

„Lass uns in den Club gehen und morgen den letzten Tag richtig genießen. Ich bringe dich abends zum Flughafen."

Sie schwammen weit hinaus, balgten sich im Wasser wie früher, ließen sich erschöpft in den Sand fallen.

Peter spürte Marcs Hand, er erkannte, auch das ist zu Ende.

Es lag ein Hauch von Melancholie zwischen ihnen.

Warum erzählte Peter nichts vom eigentlichen Grund seiner Abreise, wo war das Vertrauen geblieben, das sie besonders seit Majas Tod miteinander verband?

In der unendlichen Trauer um sie waren sie enger zusammengerückt, hatten sich gegenseitig aufgerichtet, nächtelang diskutiert, geschwiegen, getrunken, ihr Tod hatte beide tief verletzt, eine Lücke gerissen, die sie gemeinsam zu schließen versuchten.

Marc kannte sich gut aus in Peters Seele, nur jetzt konnte er nicht ergründen, was ihn soweit entfernte.

In letzter Zeit, in München, hatten sie sich seltener gesehen, weniger zusammen unternommen, Peter schützte die viele Arbeit vor, seinen verantwortungsvollen Job.

Sie sprachen nicht darüber, aber Peter ahnte,

dass Marc fürchtete, auch ihn zu verlieren.

Peter hatte Susanne, sie gehörte zu ihm, zu ihm allein, niemals würde er sie mit Marc teilen.

Das Verwalterehepaar hatte für Marc und Peter ein letztes gemeinsames Essen vorbereitet.

Sie saßen auf der Veranda, blickten hinaus auf die Landschaft, noch von der Sonne bestrahlt, nur Zypressen, Olivenbäume gaben dem Auge Halt.

„Dieses Mal bin ich nicht lange genug hier, um die Ruhe mitzunehmen, ich werde das alles vermissen, auch dich", er sah Marc an.

„Lass uns gehen", Marc stand auf, sie verstauten Peters Gepäck in den Kofferraum.

„Nimm ein paar Lavendelzweige mit, dann kommst du sicher wieder."

Marc begleitete ihn zum Gate, eine letzte Umarmung, er blieb stehen, sah zu, wie Peter winkte, hinter den Glastüren verschwand.

Etwas war mit ihm gegangen, Marc blieb allein zurück.

XXIX

Peters Vater holte ihn spät abends vom Flughafen ab, brachte ihn in seine Designer-Wohnung. Stärker als je zuvor empfand er, wie kühl, wie unpersönlich sie wirkte.

Er hatte in sein Arbeitszimmer zwei Sessel aus dem Gästetrakt gestellt, eine Lampe aus dem Wohnzimmer, einen Computertisch gekauft, dieses Wohn- und Arbeitszimmer genügte ihm. Ein Jahr nach Majas Tod war er auch wieder in sein Schlafzimmer zurückgekehrt, hatte sich ein neues Bett besorgt, Junggesellengröße, einen passenden Nachttisch, das Bett so gestellt, dass er beim Aufwachen über die Terrasse sehen konnte.

In der Küche aß er die spärlichen Mahlzeiten, die er selber kochte, die übrigen Zimmer benutzte er nicht.

Aus der Ankleide ließ er von seiner Schwiegermutter und seiner Mutter die restlichen Kleider, die Maja nicht selbst verschenkt hatte, Wäsche und andere Utensilien entfernen.

Zu seiner Überraschung befand sich versteckt ganz hinten ein kleiner Tresor, der Schlüssel fehlte. Der große Tresor mit allen wichtigen Unterlagen befand sich in seinem Arbeitszimmer, von Bücherregalen verdeckt. Er ließ das kleine Fach öffnen und fand darin das Diaphragma, das sie wohl stets vor dem Sex eingesetzt hatte, außerdem einige Hefte, in Leder gebunden, sorgfältig beschriftet, nummeriert, manche Exemplare fehlten, in anderen waren Seiten entfernt worden. Tagebucheinträge aus ihrer Kindheit, aus der glücklichen Zeit mit ihm, ein letztes Heft aus den Monaten ihrer Krankheit, selbstkritisch blickte sie auf ihr Leben zurück, bekräftigte ihre Liebe zu ihm, bereute, nicht inniger auf ihn eingegangen zu sein.

Peter hatte die Hefte in eine schöne Schachtel gepackt, nur das Diaphragma nicht. Gelegentlich würde er sie Majas Familie geben, sie hatten mehr Recht darauf als er. Maja hatte auch alle Inhalte ihres Computers von einem Experten löschen lassen.

Wenig ist von ihr geblieben.

Peter nahm zwei Gläser und eine Flasche Wein, setzte sich zu seinem Vater auf die Terrasse, genoss den vertrauten Blick auf München.

„Morgen fährst du also zu Susanne auf ihren Bauernhof?"

Sein Vater sah ihn ernst an, Peter nickte, „erst zur Schule, dann zu ihr."

„Warum heiratest du sie nicht?" Peter lachte auf, glücklich hörte sich das an.

„Du weißt, Mama würde sich freuen, wenn sie endlich die Kinder als ihre Enkel allen vorstellen könnte, und ich sowieso."

„Ich werde sie bald fragen", Peter zögerte, „wenn ich nur sicher sein könnte, dass sie ‚ja' sagt. Sie ist so stolz auf ihre Unabhängigkeit, ich werde es ganz vorsichtig angehen."

Sein Vater nickte, „Frauen muss man immer vorsichtig behandeln."

Vor allem brauche ich einen Ring, dachte Peter, sonst würde sie seinen Antrag vielleicht nur als Geschwätz abtun, sie hatte Erfahrung mit solchen Vorschlägen.

Peter wollte ihr ein Unterpfand geben, ein handfestes Versprechen und gleichzeitig einen Termin einfordern. Erst aber würde er zu ihr fahren, es war noch wichtiger sie zu sehen, der Ring, die Verlobung hatte Zeit bis nach den Tagen auf ihrem Bauernhof.

Der Vater stand auf, „dann viel Glück, komm morgen vorbei, wenn du noch Zeit hast."

Peter las seine Mails, wie viel Schrott doch dabei war, beantwortete die wichtigsten, saß am nächsten Morgen schon vor seiner Sekretärin an seinem Schulschreibtisch, stritt sich mit den Handwerkern, die natürlich noch nicht fertig waren, besprach mit dem Hausmeister einen strategischen Plan, um Druck zu machen. Frau Conrad, seine eher mütterliche Freundin, noch aus den Tagen, als er Personalratsvorsitzender war, staunte, „du bist schon da?"

„Ich gehe gleich wieder", sagte Peter, „am Montag bin ich zurück, mach aber bitte nicht sofort Termine. Du hast meine Handy-Nr. für alle Fälle, im übrigen aber weißt du nicht, wo ich bin."

Frau Conrad lächelte, „einen lieben Gruß an Susanne."

Peter drehte sich abrupt um, „woher weißt du das?"

„Du schaust so glücklich aus, wie jedes Mal, wenn du von ihr kommst."

Irgendwie stimmte das, Susanne fand immer Zeit, ein ordentliches Frühstück zu machen, trotz der Kinder, die in aller Frühe putzmunter waren, ihr Fläschchen bekamen, ihr Lachen und Toben war ansteckend, Peter wirbelte sie schon am hellen Morgen herum.

Kam Peter aus seiner eigenen Wohnung, war er missgelaunt, kein Frühstück, nur Leere. In der Schule ließ er sich Kaffee kochen und aß Frau Conrads Pausenbrot auf.

„Wann zieht ihr endlich zusammen?"

„Du verrätst mich nicht?", er sah sie bittend, „sobald sie ‚ja' sagt."

Frau Conrad wird nach diesem Schuljahr in Rente gehen, Peter konnte sich die Schule ohne sie nicht vorstellen, sie war die gute Seele, besonders für ihn, sie hatte all seine Höhen und Tiefen miterlebt.

Er gab ihr ein Küsschen, links, rechts, war nahe daran sie auch herumzuwirbeln, fuhr bei seinen Eltern auf einen Kaffee vorbei.

„Zwei Stunden mit meinem kleinen Auto", hatte Susanne einmal gesagt, dann müsste er es mit seinem schnellen Flitzer bis fünf Uhr schaffen.

Frau Körber war erstaunt, einen solchen Gast für ihr großes Zimmer hatte sie nicht erwartet, ein solches Auto auch nicht.

„Dem Reden nach ein älteres Ehepaar, wahrscheinlich aus München, die jüngeren wollen immer ein eigenes Bad", so hatte sie die neuen Gäste Susanne angekündigt, ein Herr Sowieso, auf irgendeinem Zettel stehe auch der Name, habe das Zimmer für zwei Personen bestellt.

Frau Körber sah Peter etwas zweifelnd an, „kommt Ihre Frau nach? Sie wissen, es gibt nur ein Etagenbad, das teilen sie mit einer jungen Frau und ihren zwei Kindern, die sind sehr nett und zurückhaltend."

„Heute Abend zieht meine Partnerin ein, sie wird aber nichts essen, also nur ein Gedeck. Was gibt es denn?"

„Abends eine Vorspeise und eine kalte Platte."

Im Geiste ging sie ihre Vorräte durch, sie musste wohl mehr auflegen als bei Susanne, „mittags drei Gänge, nachmittags Kaffee, wenn Sie wollen, das und die Getränke sind nicht im Pensionspreis inbegriffen."

Peter holte seinen Koffer, das Zimmer war groß, gemütlich, ein wunderbarer Blick auf die Berge, über deren Gipfel die Sonne noch hell leuchtete. Er inspizierte die Nebenzimmer, zwei Kinderbetten, mehr hatte nicht Platz, daneben Susannes Zimmer, auch hübsch, eine Türe zum schmalen Seitenbalkon, es war ordentlich aufgeräumt, typisch für sie.

In der Stube traf er Frau Körber.

„Gegen sechs gibt es Abendessen", Peter nickte, „zu einem kleinen Spaziergang reicht es wahrscheinlich noch?"

„Wenn Sie diesen ebenen Weg dort weitergehen, Richtung Wald, haben Sie einen schönen Blick."

Da wird er wohl auf Susanne treffen, dachte Frau Körber, auch gut, dann weiß er schon, mit wem er das Bad teilen muss.

Frau Körber sah ihm nach, irgendetwas stimmte da nicht, schickes Gewand, schickes Auto, eine Woche hat er das große Zimmer gebucht, 200 Euro Anzahlung, der kann sicher auch den Rest bezahlen, oder sich ein komfortables Hotel leisten. Was suchen er und seine unbekannte Partnerin hier, in dieser abgelegenen Gegend?

Peter ging zügig in die angegebene Richtung, schon von weitem sah er sie, Susanne schien mit Sascha etwas am Boden zu betrachten, Thommy hopste herum, drehte sich zu ihm, unsicher, plötzlich erkannte er ihn und rannte auf ihn zu.

Susanne stand auf, wohin lief denn Thommy, sie nahm ihre Sonnenbrille ab und lächelte.

Er war also gekommen.

Sie blieb neben dem Buggy stehen, Peter wartete auf Thommy, warf ihn in die Luft, Thommy jauchzte vor Vergnügen und legte die kleinen Arme um seinen Hals. Auch Sascha war inzwischen aufgestanden, lief auf Peter zu. Er lachte mit ihnen, setzte sie auf den Boden, legte einen Arm um Susanne, berührte sehr sanft ihr Gesicht.

Susanne blickte zu ihm auf, glücklich.

Die Kinder zerrten an ihm, zeigten ihm ihre Schätze.

„Ich wollte unbedingt deinen Bauernhof sehen."

Peter hielt sie immer noch fest.

„Gleich, gleich", sagte er zu Thommy und Sascha, „erst muss ich die Mama richtig begrüßen."

„Auch heben", verlangte Thommy und schwupps wurde Susanne in die Höhe gehoben, wie leicht sie war, sie lachte fröhlich, vorsichtig setzte er sie wieder ab.

„Wir müssen es Frau Körber sagen, du kannst bei mir schlafen, ich habe ein halbleeres Doppelbett", sagte sie verlegen.

„Schon alles erledigt, ich schlafe nicht bei dir, ich habe ein eigenes Zimmer."

„Du bist doch nicht etwa das ältere Ehepaar?"

„Älter nicht, aber Paar, meine Partnerin hat mein Zimmer noch nicht bezogen."

Susanne fuhr ihm liebevoll durch die Haare.

„Darauf bin ich gespannt."

Sie verbrachten wundervolle Tage, morgens eine halbe Stunde joggen, Frau Körbers Tochter passte auf die Kinder auf, nach dem Frühstück den Tieren auf dem Nachbarhof einen guten Morgen wünschen. Peter ritt abwechselnd mit Thommy und Sascha einige Runden, bestellte die Kutsche für einen Ausflug, sie schwammen im Moorweiher, machten Picknick, abends spielten sie Karten mit den Wirtsleuten oder zogen sich gleich zurück.

Sie schafften es, eine Wanderung zum Grünkogel zu machen, Frau Körbers Tochter hütete die Kinder.

Auf dem Gipfel standen sie nebeneinander, Hand in Hand.

Susanne seufzte leise, „wie viel schöner wäre mein Leben verlaufen, wenn wir uns damals schon gefunden hätten."

Peter antwortete nicht sofort. „Als ich Maja kennenlernte, hätte keine andere Frau eine Chance gehabt, ich habe nur sie gesehen. Liebes, du musstest deine Erfahrungen machen und ich meine, ohne diese leidvolle Zeit wären wir nicht geworden, was wir sind, stünden wir nicht hier."

Jetzt wäre der richtige Zeitpunkt gewesen für einen Heiratsantrag, in dieser Stimmung hätte Susanne sicher ‚ja' gesagt. Der glückliche Moment ging ungenutzt vorbei.

Sie schwiegen beide, in Gedanken versunken, kehrten ohne störende Worte wieder zurück.

Am Montagmorgen rief Peter in der Schule an, „ich bleibe noch einen Tag."

Frau Conrad war nicht begeistert, „du wirst hier gebraucht", erzählte von den vielen Gesprächswünschen der Kollegen, es gab aber kein akutes Problem.

Am Dienstagmorgen ließ er Frau Conrad nicht zu Wort kommen, „ich fahre morgen nach dem Frühstück zurück, gegen elf bin ich in der Schule, wir können das Wichtigste besprechen, ab etwa zwei kannst du Termine machen."
Noch ehe sie richtig antworten konnte, legte er auf.

Frau Conrad seufzte, es sei ihm gegönnt, er war der Chef.

XXX

Für Peter waren die Ferien vorbei, er musste nach München zurück. Eigentlich sollte der Schulleiter eine Woche vor Schulbeginn an Ort und Stelle sein, um das Jahr vorzubereiten, aber Peter hatte alle Regeln missachtet.

An jenem Mittwochmorgen löste er sich nur schwer von ihr, den Kindern, der idyllischen Umgebung.

Er blieb kurz zu Hause, zog sich Formelleres an, sah seine Post durch, fuhr direkt in die Schule.

Frau Conrad betrachtete ihn missbilligend, die Termine, die Vorbereitungen, ein einziges Chaos, kaum zu bewältigen in den verbleibenden Tagen.

„War es wenigstens schön?"

Sie brauchte ihn nicht zu fragen, man sah es ihm an.

„Die glücklichste Woche seit langem…" Peter konnte nicht weitersprechen. Der Hausmeister, der Computermann, einige andere Kollegen, alle wollten ihn sofort und augenblicklich sprechen. Für Susanne, die am Freitag mit den Kindern zurückkam, hatte er selbst am Wochenende kaum Zeit.

„Kannst du am Samstagabend einen Babysitter besorgen? Ich möchte wenigstens einmal vor Schulanfang mit dir ungestört zusammen sein."

Keine freie Minute, um einen Ring für Susanne zu kaufen, wieder musste das warten. Die nächsten 14 Tage blieben gleichermaßen hektisch.

In der dritten Schulwoche, Mitte Oktober, fühlte sich Peter nicht wohl. In seinem Büro musste er sich setzen, Frau Conrad brachte ihm Tee, es wurde schlimmer.

„Du glühst ja förmlich, du musst zum Arzt."

Peter winkte ab, das ging jetzt auf keinen Fall. Als er umzukippen drohte, sie ihn gerade noch halten konnte, wurde sie energisch: „Ruf sofort deinen Arzt an!" Ein Blick auf den Stundenplan, Susanne hatte eine Freistunde, sie konnte ihn fahren. Mit letzter Kraft meldete er sich bei Philipp, bestand darauf, ihn sofort zu sprechen. Philipp hörte schon an seiner etwas schleppenden Rede, dass etwas nicht in Ordnung war. „Lass dich herbringen, ich sag meinen Damen am Empfang Bescheid."

Peter stützte sich auf Susanne.

Philipp war sehr besorgt: „Du hast hohes Fieber, das kann Grippe sein, aber auch etwas anderes." Er untersuchte ihn gründlich, nahm Blut ab, machte einen Abstrich.

„Bald wissen wir es genau. Bis das Ergebnis kommt, absolute Bettruhe, das Fieber muss runter. Geh zu deinen Eltern, jemand sollte sich um dich kümmern."

„Sie sind bis Sonntag im Urlaub", Peter rieb sich

die Schläfen, diese Kopfschmerzen, dieses Schwindelgefühl.

„Dann lass ich dich nach Hause fahren, und schicke dir eine Krankenschwester, nach der Sprechstunde komme ich vorbei." Peter blieb sitzen, das Zimmer schwankte.

Philipp stand an der Theke, als Susanne auf ihn zutrat.

„Ich bin eine Kollegin und habe ihn hergebracht."

Philipp fiel ihr ins Wort: „Können Sie ihn nach Hause fahren? Ich habe ihm eine Spritze gegeben, er darf nicht alleine bleiben."

Susanne blieb äußerlich ruhig. „Ich bringe ihn zu mir nach Hause, dort ist jemand, der auf ihn aufpasst. Wir lassen unseren Chef nicht im Stich", fügte sie mit einem gequälten Lächeln hinzu.

Peter war krank, wie schlimm?

„Eine Tablette alle zwei Stunden, zwischen eins und zwei komme ich vorbei. Wenn er das Bewusstsein verliert oder etwas anderes passiert, rufen Sie mich sofort an."

Susanne kritzelte ihre Adresse auf einen Zettel, nahm eine Visitenkarte mit.

Sie hakte sich bei Peter ein. Philipp sah ihnen nach, wie sie die Praxis verließen. Eine nette Kollegin hat er da, hübsch anzuschauen. Peters Zustand machte ihm ernste Sorgen.

Im Auto rief Susanne die Schule an, erklärte die Lage, sie konnte ihre restlichen Unterrichtsstunden nicht halten, morgen sei es kein Problem, sie habe frei. Sie rief zu Hause an, bat Frau Gant, die Kinder zurückzuhalten, am besten einen Spaziergang machen.

Susanne half Peter in ihr Bett, kochte Erkältungstee, machte Wadenwickel, Peter begann zu schwitzen, sie wickelte ihn in Tücher, Frau Gant kümmerte sich um die Kinder.

Peter wechselte die Schlafanzüge, Susanne kühlte seine Stirn, die Kopfschmerzen ließen kaum nach, das Fieber, die Tabletten, Susannes Fürsorge machten ihn schläfrig.

Philipp kam am frühen Nachmittag, die Kinder schliefen, Peter auch, es war sehr ruhig. Susanne bot Kaffee an.

Philipp wunderte sich, wo war Peter hier gelandet? Aber das konnte er ihn später fragen, jetzt war seine Gesundheit wichtiger. Er weckte vorsichtig den Freund.

Peter wusste nicht sofort, was geschehen war, dann sah er Philipp in diesem ihm so vertrauten Zimmer.

„Du hältst deinen Mund", soviel Energie brachte Peter gerade noch auf.

„Du weißt, ich habe eine ärztliche Schweigepflicht", das hatte er schon einmal zu seinem Freund gesagt.

Mittags war er aus Zeitnot nicht zu Hause gewesen, hatte nur kurz seine Frau Uschi am Telefon von Peters kritischem Zustand berichtet, er werde sich um ihn kümmern, zu weiteren Erklärungen kam er nicht wegen eines anderen dringenden Anrufs. Was er allerdings nicht ahnte, war, dass sie sich sofort ans Werk machte, einige Lebensmittel einpackte, sich hübsch anzog, zu Peters Wohnung fuhr. Nichts rührte sich, weder bei Peter, noch bei den Schwiegereltern darüber, noch bei Marc darunter. Was war hier los? Sie klingelte den Hausmeister heraus, schilderte eine dramatische Situation und wollte unbedingt in Peters Wohnung, womöglich lag er bereits hilflos auf dem Boden. Der Hausmeister zögerte, gab schließlich nach, keine Spur von Peter. Uschi inspizierte alle Zimmer, wie elegant die Einrichtung, hier würde sie gerne wohnen, mit ihm natürlich. Warum nur war sie zu Philipp gewechselt. Der Hausmeister komplimentierte sie hinaus, er musste diese absurde Situation klären. Uschi war wütend, was sollte diese Geschichte, wo war Peter? Philipp sah den Anruf auf seinem Handy, als er an Peters Bett saß, unterdrückte ihn.

Peters Fieber war um zwei Grad zurückgegangen, immer noch fast 40, immer noch viel zu hoch.

„Es scheint nicht die Grippe zu sein, ich brauche aber noch die anderen Werte, um Genaueres zu sagen, eine Lungenentzündung müssen wir unbedingt vermeiden. Die nächsten Tage strikte Bettruhe, sonst holst du dir noch etwas am Herzen. Mit deinem Zustand ist nicht zu spaßen. Ich komme gegen Abend wieder, du scheinst ja bestens ver-

sorgt zu werden." Philipp zog die Augenbrauen hoch, lächelte. Er hatte gerade Susannes Kuchen verspeist, Peter sollte nur eine stärkende Suppe bekommen. "Passen Sie auf ihn auf, bis später."
Susanne nickte, fragte nach Ansteckungsgefahren, begleitete ihn zur Türe. Philipp schüttelte den Kopf, "heute Abend haben wir die Analysen."
Das war also Peters bester Freund, dachte Susanne, ich hätte ihn gerne auf andere Weise kennengelernt.
Warum hält Peter mich so geheim, sind ihm doch die Kinder peinlich?
Susanne schüttelte diese Gedanken ab, Peter war krank, er musste gesund werden.
Thommy meldete sich, ausgeschlafen, bald darauf auch Sascha, sie wollten, wie immer einen kleinen Snack. Susanne versuchte ein ruhiges Spiel zu finden, um Peter nicht zu wecken.
Sie rief Lili an, berichtete von der neuen Situation, vielleicht konnte sie mit den Kindern zum Spielplatz gehen?
Philipp besuchte den Patienten jeden Tag, hatte die Kinder kennengelernt und Frau Gant, fühlte sich sehr wohl in dieser Gesellschaft, verordnete immer noch Bettruhe für Peter, leichtes Essen für ihn, Kuchen für sich. Die befürchtete Grippe war es nicht, aber eine sehr starke Erkältung, mit Ansätzen zu einer Lungenentzündung.
Peter hatte inzwischen den Freund in seine Be-

ziehung zu Susanne eingeweiht.

„Ich werde sie heiraten, aber sie weiß es noch nicht."

Philipp lachte, „das ist wahrscheinlich die beste Idee seit langem, alter Junge."

Philipp dachte an seine eigene Ehe, er hätte gerne mehr Kinder gehabt, Uschi weigerte sich. Sie hatten geheiratet als sie schwanger war aus einem gewissen Pflichtgefühl heraus, die leidenschaftliche Liebe, wo war sie geblieben? Die Familien der beiden hatten das junge Paar unterstützt, bis er in die Praxis seines Vaters eintreten konnte.

Philipp hing an seinem Sohn, aber Uschi hatte darauf bestanden, ihn mit zehn Jahren nach Ettal ins Internat zu schicken, dort würde er viel besser gefördert.

Sie genoss ihre neue Freiheit, nur untreu durfte sie nicht sein, oder jedenfalls sich nicht erwischen lassen. Für diesen Fall hatte ihr Philipp mit sofortiger Scheidung ohne Unterhalt gedroht.

„Du bist ein echter Glückspilz", Philipp gönnte es dem Freund, sie sprachen miteinander in Susannes kleinem Zimmer wie in alten Zeiten, nichts blieb geheim.

Am Sonntag kamen Peters Eltern aus dem Urlaub, Peter zog zu ihnen, um Susanne zu entlasten und auch, um wieder zu Kräften zu kommen. Philipp hatte ihm eine weitere Woche absolute Ruhe verordnet, ein Rückfall könne schwerwiegende Dauerschäden verursachen. Er solle es langsam

beginnen lassen, auf keinen Fall übertreiben.
Peter genoss es, er hatte endlich Zeit.

XXXI

In der zweiten Woche seiner Genesung beschloss Peter einen diamantenen Verlobungsring zu kaufen, Susanne in Münchens bestes Restaurant einzuladen und ihr in diesem besonderen Rahmen endlich den Heiratsantrag zu machen. Den frühesten Termin im Restaurant bekam er an einem Mittwoch in den Herbstferien, Ende Oktober. Er bat Susanne diesen Abend, diese Nacht sich frei zu halten, die Kinder zu ihrer Mutter zu bringen. Das müsse doch einmal gehen. Susanne sagte „Nein".
Warum sollte sie die Kinder wegbringen, das hatte sie noch nie gemacht.
„Wenn du mit mir verreisen willst, kann meine Mutter bei uns schlafen, das macht sie vielleicht, aber wie soll ich ihr erklären, dass ich eine Nacht in meiner Wohnung allein sein möchte."
Peter wollte in kein Hotel, lieber die vertraute Umgebung, vor allem weil er nicht sicher war, wie sie reagieren würde.
Susanne fragte hartnäckig: „Was soll das, was hast du vor?"
Peter schüttelte den Kopf, „vertraue mir einfach."
Susanne brauchte ein neues Auto: „Kann ich deinen Vater fragen, ob er mir hilft, er versteht

mehr davon."

„Nach diesem Mittwoch kannst du jeden Tag bei ihm anrufen, aber bitte nicht vorher."

Sein Vater sollte seiner Schwiegertochter ein vernünftiges Auto kaufen unabhängig vom Preis. Jetzt würde Susanne niemals von ihm Geld annehmen.

Susanne verstand ihn nicht, warum sagte er nicht, was er vorhatte. Horrorvisionen überfielen sie, vielleicht sollte es der befürchtete Abschied sein, eine freundliche Mitteilung, er liebe sie nicht mehr, er gründe endlich eine eigene Familie, die Trennung versüßt durch einen letzten gemeinsamen Abend? Sie ließ die letzten Wochen vor ihrem inneren Auge vorüberziehen, nichts, kein Anhaltspunkt für einen derartigen Fall.

Oder neigte sie dazu, blind zu sein, wie schon einmal, nichts wahrhaben zu wollen, wenn es um ihre Beziehung zum Partner ging?

Ein vorzeitiges Geburtstagsgeschenk?

Ein Dankeschön für ihre Pflege? Sie hatte nächtelang nicht geschlafen, war immer wieder an sein Bett gekommen, um nachzuschauen. Für ein Dankeschön brauchte es diese Geheimnistuerei nicht.

Hatte er sich an eine Auslandsschule beworben? Gelegentlich sprachen sie davon, er wolle ins Ausland gehen, ohne sie?

Peter schwieg, lächelte nur.

Susanne begann sich zu ärgern, über ihn, über sich, über ihre Nachgiebigkeit.

Was bildete er sich ein? Sie sollte sich für ihn bereithalten, wann und wie er es wünschte? Nein, sie war nicht sein Spielzeug. Was war er für sie? Ihr Chef? Mit dem musste man sich gut stellen. Ihr Liebhaber? Den konnte sie austauschen, wirklich? Ihr Freund? Den wollte sie auf keinen Fall verlieren.

Sie hatte schon vor einer Weile beschlossen, sich von Peter unabhängiger zu machen, wenigstens manchmal zu tun, was ihr gefiel, mehr Zeit mit sich selbst zu verbringen oder mit Lili, wie früher.

Peter hatte es sehr wohl bemerkt, sie plante weniger mit ihm, ging mit Lili in die Oper, das war eigentlich ihm vorbehalten. Er besorgte die Karten über Marcs Büro, bekam meistens, was Susanne sich wünschte.

Übertrieb er seine Geheimnistuerei wegen des Abends? Aber er hatte sich nun einmal entschlossen, dem Heiratsantrag einen besonderen Rahmen zu geben.

Ihre Reaktion auf seine Bitte um eine einzige Nacht war eindeutig, Unverständnis, Ablehnung.

Sie brauchte ihn nicht, in ihrer Lebensplanung war kein dauerhafter Partner vorgesehen. Sie war stolz auf ihre Unabhängigkeit, in beruflichen Dingen beriet sie sich eher mit Lili als mit ihm, selbst die Kinder kamen ohne ihn aus.

Er dagegen brauchte sie, er wollte, dass sie sich mitfreute an seinen Erfolgen, ihn tröstete bei seinen Misserfolgen, mit ihm diskutierte, was zu tun sei. Gewiss, er hatte Philipp und Marc, Männer, mit denen er über vieles sprechen konnte, aber nicht über alles. Er liebte sie, nicht leidenschaftlich wie Maja, sondern inniger, tiefer. Reichte das, sie von der Notwendigkeit einer Heirat zu überzeugen? Vielleicht war es doch ein Fehler, sie bisher nicht in sein Leben eingebunden zu haben. Peter war nahe daran, alles rückgängig zu machen, die Lage genauer zu prüfen, die Heirat noch einmal zu überdenken.

Wenn sie „Nein" sagte, wie könnten sie weiterhin miteinander umgehen, sich täglich zu begegnen wäre unerträglich, er oder sie müsste die Schule wechseln.

Peter zögerte lange, endlich beschloss er, es darauf ankommen zu lassen, er sehnte den Mittwoch, die Entscheidung, herbei.

Gegenüber Susanne zeigte er seine Zweifel nicht, versuchte, gleichbleibend zärtlich zu sein, zu lächeln.

Susanne gab sich einen Ruck, aufhören mit den ständig gleichen Gedanken, abwarten, sich kühler, distanzierter zu verhalten, soweit es ihr gelang.

Sie fragte ihre Mutter. Überaschenderweise hakte diese nicht nach, sah sie fast wissend an, war besorgt über Susannes Verfassung, was ahnte sie? Sie war bereit die Kinder zu nehmen an ihrem freien Tag. „Lass dich nicht zu sehr auf ihn ein, ein drittes Kind kannst du nicht packen." Susanne ärgerte sich über diese Bemerkung, das wusste sie selbst, dennoch war sie dankbar für die Anteilnahme.

Susanne fragte ihn nicht mehr, Peter schwieg, lächelte nur.

XXXII

Peter hatte weitere Probleme, die noch vor seinem Heiratsantrag gelöst werden mussten. Wo sollten sie wohnen, wie Susanne seinen Freunden vorstellen?

Letzteres schien einfach, er würde sie zu allen vorweihnachtlichen Events mitnehmen, unter seinem Schutz würde sie sicher freundlich aufgenommen werden.

Schwieriger das Wohnungsproblem, seine Designerwohnung kam auf keinen Fall in Frage. Außerdem gab es da noch irgendeine Klausel, er erinnerte sich nicht genau, Maja hatte ihm davon erzählt, damals, kurz vor den Verträgen zur Schenkung.

Es war schon spät, als er die Schenkungsurkunde aus dem Tresor holte.

Beim ersten Lesen tat er sich schwer, zu viele juristische Formulierungen, beim zweiten Lesen verstand er den Sinn und beim dritten Lesen war er schockiert.

Erst nach zehn Jahren, in denen er die Wohnung vorwiegend selbst zu nutzen hatte, konnte er die Wohnung verkaufen, Vorkaufsrecht hatte die Familie Selters zu einem angemessenen Preis, Vermietungen während dieser Zeit waren nicht möglich, die Aufnahme anderer Personen auf Dauer unterlagen der Zustimmung der übrigen Bewohner des Hauses, um ein angenehmes Zusammenleben zu gewährleisten. Bezüglich des Schenkungsvertrags zur Mitgift Majas, die aus den Besitzanteilen des Konzerns bestand, galt, dass der Begünstigte, Peter Torleit, zwar über die Erträge verfügen, das Vermögen selbst aber erst nach Ablauf von zehn Jahren veräußern konnte, Vorkaufsrecht hatte Familie Selters, ebenso zu einem angemessenen Preis. Sollten unüberwindliche Schwierigkeiten entstehen während der zehn Jahre, konnte der Schenkungsvertrag aufgehoben werden. Nach zehn Jahren war die Erbschaftssteuer hinfällig.

Die Einzelheiten begriff er nicht, nur so viel, dass er nichts anderes war als der Statthalter sozusagen, um der Familie Selters die Erbschaftssteuer zu sparen. Man hatte mit seinem grenzenlosen Vertrauen, seiner unglaublichen Naivität gerechnet und ihn benutzt.

Maja, hatte sie davon gewusst? War ihre Übelkeit beim Notar damals fingiert, damit er die Dokumente nicht las? Er erinnerte sich, kurz darauf ging es ihr wieder gut, sie feierten sogar den Abschluss der Verträge am gleichen Abend. Was sollte ihr Gerede, er müsse bald wieder heiraten, glücklich werden, Kinder haben, die Wohnung, ihr Vermögen sei ihm überschrieben worden. Sie kannte die Bedingungen, hatte sie offensichtlich akzeptiert. Zehn Jahre lang sollte er an die Wohnung, an ihr Vermögen, gebunden bleiben, dann hätte er seine Schuldigkeit getan, würde durch die Zurückgabe an die Familie eine Art Abfindung, einen „angemessenen Preis" erhalten.

Zehn Jahre lang ein immerwährendes Andenken an Maja ohne Rücksicht auf sein Leben?

Peter lachte bitter auf, das hatten sie sich gut ausgedacht.

Maja war viel zu sehr Tochter ihres Vaters um nichts davon gewusst zu haben.

Und Marc, hatte er auch zugestimmt?

Peter lief auf der Terrasse auf und ab, ein Glas Wein in der Hand, schleuderte es mit aller Kraft gegen die Wand, soll das putzen wer will, Erleichterung brachte sein Wutausbruch nicht. Schließlich rief er seinen Vater an, kurz vor Mitternacht, er war wach, wie jeden Abend um diese Zeit.

Der Vater versuchte gar nicht erst ihn zu besänftigen, „bring die Dokumente morgen vorbei, zusammen mit deiner Steuererklärung, wir haben auch gute Rechtsanwälte, Spezialisten für Immobilien."

Warum interessierte sich Peter plötzlich für diese Verträge, für seine finanzielle Lage? Wollte er endlich Susanne heiraten?

Peter konnte nicht schlafen, was blieb von Maja, von ihrem gemeinsamen Leben, die ersten Jahre, eine glückliche, unbeschwerte Zeit, Majas Spontaneität, ihre Lebensfreude, seine Liebe, nach ihrer

Heirat war allmählich alles weniger geworden, schließlich versickert, am Ende ihre Krankheit, ihr Tod.

Klar war, er konnte weder mit Susanne ohne die Erlaubnis der Familie Selters in seine Wohnung einziehen, selbst wenn er keine andere Bleibe fand, sie weder verkaufen noch vermieten, noch auf das Vermögen zurückgreifen, um ein eigenes Haus zu erwerben.

Was konnte er Susanne bieten? Nichts!

Sein Vermögen? Eine Luftnummer!

Natürlich hatte er die 150 000 Euro auf dem Konto, das Maja zur Verfügung gestanden und das sie ihm vererbt hatte, aus den Erträgen des Kapitals wurde dieses Konto immer wieder aufgefüllt. Wo waren die übrigen Erträge versteckt?

Peter hatte in seinem bisherigen Leben sich nie um Finanzen gekümmert. Seine Eltern unterstützten ihn während seines Studiums sehr großzügig, später gab es Majas Vermögen, nach ihrem Tod wohnte er weiterhin in ihrer schuldenfreien Wohnung, sein Gehalt reichte für seine Ausgaben, ab und zu, wenn er zu oft nach New York flog, oder größere Summen brauchte, wie jetzt für Susannes Ring, griff er auf Majas Konto zurück.

Peter überlegte ernsthaft, wie er an eine passende Bleibe kommen sollte bei den bekannt hohen Münchner Preisen. Vielleicht musste er seinen Lebensstil etwas herunterschrauben, aber was bedeutete das schon bei der Aussicht mit Susanne und den Kindern ein glückliches Leben zu führen.

Konnte er Susanne überhaupt noch ernsthaft fragen?

Doch, er konnte und wollte.

Auf sein Leben würde Familie Selters keinen Zugriff mehr haben.

XXXIII

Der Mittwochabend kam. Susanne hatte die Kinder zu ihrer Mutter gebracht, „morgen Nachmittag hole ich sie wieder ab."

Sie nahm sich vor, den Abend zu genießen, komme, was da wolle.

Gegen sieben Uhr war er da.

„Zieh etwas Hübsches an, wir gehen aus", war alles, was sie vorher erfahren hatte.

Peter kam im dunklen Anzug, einem neuen Hemd, ließ die Tasche mit der Wäsche zum Wechseln im Auto. Wenn sie „Nein" sagte, würde er sofort nach Hause fahren.

Er war nervös, vergewisserte sich ständig, ob der Ring noch in seiner Jackentasche lag, neben der kleinen Schachtel.

Er hielt Susanne fest, drehte sie zum Spiegel, betrachtete prüfend, was er sah.

„Nicht so traurig schauen, heute ist ein glücklicher Tag."

Für wen, dachte Susanne, und brachte mühsam ein Lächeln zustande.

Er parkte am Englischen Garten, nahe des Restaurants.

Susanne war beinahe enttäuscht, das war es also? Nur ein Essen? Sie mochte es kaum glauben nach all der Geheimnistuerei.

Der Oberkellner begrüßte sie, „es ist schön, Sie wieder einmal bei uns zu sehen", und führte sie an den Tisch, etwas am Rande, etwas abseits, wie Peter es bestellt hatte.

Die Speisekarten wurden gereicht, Susanne hatte keine Wünsche mehr bei den Preisen. Der Kellner brachte einen alkoholfreien Aperitif für Susanne und ein Glas Sekt für Peter.

„Eine besondere Empfehlung heute?"

Peter bat um eine kleine Pause vor dem Hauptgericht, sie hätten etwas zu besprechen.

Das Amuse-Bouche-Surprise, die erste Vorspeise, köstlich, Susanne hatte derartig kunstvoll arrangierte Leckereien noch nie gegessen.

Sie blieben auf neutralem Boden. „Du warst schon öfter hier?"

„Es ist das Stammlokal meiner Schwiegereltern, im letzten Jahr, glaube ich, war ich nur einmal hier mit ihnen, sie haben aber die beste Küche, die ich kenne."

Susanne sah sich vorsichtig um, dezente Stimmung, Gäste mittleren Alters, nichts Auffälliges. Nach der ersten Vorspeise, einem kleinen außergewöhnlich gewürzten Artischockensalat, nahm Peter Susannes Hand.

„Susanne, ich liebe dich." Er sprach von den gemeinsamen Teestunden während Majas Krankheit, als Susanne ihn über die Sitzungen ständig informieren musste. Wie sie ihm dann stets geduldig zugehört habe, wenn er über seine Sorgen mit Maja, seine Unfähigkeit die Situation zu akzeptieren, seine Ängste, gesprochen habe, wie sehr ihm diese Gespräche geholfen hätten.

Wie er später ihre Nähe suchte, obwohl er wusste, dass sie liiert war, wie er sich über ihre Schwangerschaft gefreut, wie Lili ihn über ihre Beziehungsprobleme auf dem Laufenden gehalten habe, wie er Hoffnung schöpfte, sie würde nun frei sein. Wie er sich zurückgehalten habe, um ihr etwas Zeit zu lassen, seine Enttäuschung, Frustration, als sie wieder schwanger geworden sei, sein Entschluss, sich von ihr fernzuhalten, bis er ihre Verzweiflung, ihren elenden Zustand gesehen habe, und dann diese Nacht, nach Stefans Rauswurf, wie sie zu ihm auf die Couch gekommen sei, wie sehr er sie in diesem Augenblick begehrte, sich aber selbst verboten habe, sie zu berühren – da sei er sich endgültig sicher gewesen, dass er sie liebe, die Freude, als er bemerkte, wie sie nach dieser aufreibender Trennung aufblühte, fast jeden Morgen unter einem Vorwand seine Nähe suchte, und seither, nachdem sie endlich ein Paar geworden waren, mehr denn je liebe.

Er ließ ihre Hand los zur zweiten Vorspeise, ein köstlich zubereiteter Fisch. Susanne war gerührt, ihre Anspannung ließ nach, stattdessen plötzlich ein Kloß im Hals, vielleicht doch eine Art Dankeschön? Sie schluckte mehrfach, um sich zu befreien von diesem Eingeschnürtsein. Der Kellner räumte dezent ab.

Peter lehnte sich zurück. „Susanne, ich möchte dich etwas fragen."

Susanne wollte eigentlich sagen, wie sehr sie sich über seine Rede gefreut habe, stattdessen schwieg sie, wartete, gespannt, nervös, jetzt kommt es, das dicke Ende?

Peter schüttelte kaum merklich den Kopf.

„Bitte, Susanne, antworte mir nur mit Ja oder Nein, kein Aber, kein Nachfragen, keine Erklärung, nur Ja oder Nein. Versprichst du mir das?"

Susanne nickte, blieb stumm.

„Es ist für mich sehr wichtig, was du antwortest. Ich werde kommentarlos jede Antwort akzeptieren, keine Begründung verlangen."

Er sah sie bittend an, der Kloß im Hals war wieder da.

„Susanne, willst du mich heiraten?"

Sie starrte ihn an, was hatte sie eben gehört?

Den Gedanken hatte sie sich von Anfang an verboten, jede Andeutung in diese Richtung abgewürgt, stets auf ihre Unabhängigkeit, auf ihre neu definierte Lebensplanung mit Nachdruck verwiesen, und nun das, seine Frage? Sie schloss für einen Moment die Augen, die Jahre des Zusammenseins mit Peter zogen in Sekundenschnelle an ihr vorbei.

Peter blickte sie eindringlich an, „Ja oder Nein."

Sie brachte ein kratzendes „Ja" zustande, kramte in ihrer Tasche nach einem Taschentuch. Nur jetzt nicht rot oder blass werden, nicht Hüsteln müssen, wahrscheinlich sah sie im Augenblick schrecklich aus. Peter betrachtete sie unentwegt, schien enttäuscht. Schließlich rang sie sich zu einem Lächeln durch und sagte noch einmal „Ja".

„Peter, ich weiß, es geht in diesem Etablissement nicht, sonst würde ich mir wünschen, dass wir kurz aufstehen und du mich für einen Augenblick ganz fest drückst, damit ich sicher bin, es ist kein Traum, es ist Wirklichkeit."

Wortlos stand Peter auf, schob auch ihren Stuhl etwas zurück und nahm sie für einen Moment fest in den Arm, küsste sie vorsichtig auf die Stirn, ließ sie wieder los.

Die Gläser klirrten, der ganze Druck der letzten Zeit schien von ihr abzufallen, sie seufzte tief auf, sehr leise.

Nur der Oberkellner schien diese kleine Szene bemerkt zu haben, wohl eine Verlobung, dachte er, der Herr Torleit hat ein neues Glück verdient, was hat er alles durchgemacht, ich werde ihnen auf Kosten des Hauses ein Glas Sekt zum Nachtisch servieren.

Er trat zum Tisch, „sollen wir das Hauptgericht servieren?"

Peter fühlte sich wie befreit, Susanne hatte „Ja" gesagt, laut meinte er, „das wäre gut."

Susanne sah ihn während des Essens fast unentwegt an, schmeckte kaum, was sie aß, ein Strahlen schlich sich in ihre Augen, heiraten, ihn? ihren Peter, den sie liebte? Hatte sie sich nicht trotz aller inneren Widerstände ein Zusammenleben erträumt, und nun wollte er das so?

Der Tisch wurde abgeräumt, von nicht vorhandenen Krümeln befreit.

Peter nahm wieder ihre Hand, holte den Ring aus der Jackentasche.

„Liebes, damit du weißt, es ist mir ernst, sehr ernst, habe ich etwas für dich, sozusagen als Unterpfand", er streifte ihr den Ring über. „Er ist zu groß, aber das ändert der Juwelier."

Susanne entzog ihm ihre Hand und betrachtete lange den Ring, „Peter, er ist wunderschön. Wie kann ich dir jemals dafür danken?"

„Indem du ihn trägst."

Zum zweifachen Nachtisch bot der Oberkellner das Glas Sekt an, „darf man gratulieren?"

„Ihnen entgeht aber auch gar nichts", sagte Peter lachend, „wir danken dem Haus."

Die Rechnung kam, Peter gab ein fürstliches Trinkgeld, der Oberkellner brachte persönlich die Mäntel.

„Peter, können wir noch ein wenig hin und her gehen?"

Sie gingen ein paar Schritte in den dunklen Park hinein, Susanne blieb stehen, knöpfte ihren und seinen Mantel auf, schmiegte sich an ihn, er küsste sie lange und zärtlich.

Sie fuhren nach Hause, Peter hatte eine Flasche

Champagner im Auto gelassen, inzwischen war er gut gekühlt.

Sie saßen noch eine Weile auf dem Sofa, nahmen den Champagner mit ans Bett, tranken ein Glas, liebten sich, tranken ein Glas.

Susanne wachte auf, streichelte den nackten Rücken Peters, holte aus dem Kästchen auf ihrem Nachttisch den Ring heraus und betrachtete ihn nachdenklich.

Diesen Mann würde sie demnächst heiraten? Ihr Leben war so ganz anders verlaufen als seines, wie sehr würde sie sich anpassen, in sein Dasein eintauchen müssen? Sie wollte nicht wieder in diese Nachgeberrolle kommen, sich beinahe selbst aufgeben, wie schon einmal, auch wegen der Kinder musste sie stark bleiben, würde ihr das gelingen? Wie schwer würde es Peter fallen, auf das eine oder andere Vergnügen zu Gunsten eines Familienlebens zu verzichten?

Peter drehte sich um, Susanne stützte sich auf die Ellbogen, ließ ihre Lippen über seine Augen, seine Bartstoppeln wandern, blieb an seinem Mund hängen.

„Peter hast du dir das wirklich genau überlegt, du heiratest nicht nur mich, du heiratest auch die Kinder."

„Ich weiß, ich weiß, von jetzt auf dann Familienvater."

„Peter, wenn du es dir doch noch anders überlegst, den Ring kriegst du nicht wieder zurück, er ist wunderschön."

„So, so, das ist ja Grund genug, um bei meinem Entschluss zu bleiben."

Sie blieben eng umschlungen liegen, kein Kindergeschrei am Morgen störte sie.

„Ich wollte dich wenigstens eine Nacht und einen Morgen für mich alleine haben, ohne dass du an die Kinder denkst."

„Frühstück jetzt?"

Peter wickelte sich aus der Decke, es war noch Zeit, um zehn hatte er einen großen Strauß Rosen bestellt, bis dahin musste er geduscht sein, Brötchen geholt haben, um vor Susanne schnellstens an die Türe zu kommen, dann die Blumen ihr, mit einem Kniefall? nein, das wäre lächerlich, zu überreichen.

Susanne kochte Kaffee.

Der Strauß kam pünktlich, Susanne konnte nur noch danke flüstern, es war zu viel.

„Kann ich es meiner Mutter sagen, sie wird die Kinder dann gerne bis zum Abend, vielleicht sogar bis morgen behalten."

„Du kannst es jedem erzählen."

XXXIV

Sie hatten viel zu besprechen am folgenden Tag.
Peter wollte sofort heiraten, sofort zusammenziehen, sofort ein ordentliches Familienleben führen.

Susanne sah die Situation realistischer, kritischer, das alles verlange doch einige Planung.

Es schien ihr unpassend heute zu heiraten und morgen mit einem neuen Namen in der Schule aufzutauchen.

„Lass uns einen Termin vor den Ferien finden, dann kann ich mich in den zwei Wochen schon an alles gewöhnen, an dich, die Ehe, den Namen, und die Kollegen haben auch etwas Zeit dafür. Nein, Weihnachten ist nicht gut, den Hochzeitstag sollten wir immer getrennt feiern, mit einem schönen Essen."

„Wie gestern", stellte Peter fest, „du lernst schnell."

„Die Faschingsferien? Das klingt nach Faschingsscherz. Vor den Osterferien ist besser, wenn es nicht mehr so kalt ist", etwas verlegen fügte sie hinzu, „wegen des Kleides."

Ein großes Fest, ein kleines Fest, eine kirchliche Trauung, katholisch, evangelisch, ein weißes Kleid?

„Ein weißes Kleid, als Zeichen der Reinheit? Das ist albern mit zwei unehelichen Kindern", sagte Susanne, „aber ein schönes, langes Kleid schon. Nein, weder Lili noch meine Mutter können mir helfen, Lili würde mir einen Hippie-Lappen aufschwätzen und meine Mutter etwas sehr Konservatives, nein, du kommst mit, du verstehst etwas von Mode, ich kaufe sonst wieder das Billigste, nicht das Schönste. Es soll dir gefallen, ich will für dich gut aussehen."

Peter wunderte sich nicht, für Frauen schien immer das Outfit das Wichtigste zu sein, das kannte er von Maja zur Genüge.

Eine ökumenische Trauung mit viel Musik wünschte sich Susanne.

Sie beschlossen, ihre Freunde, Ulli, den Musiklehrer und Walter, den katholischen Pfarrer aus der „Sozialgang" um Hilfe zu bitten.

„Wir machen einen großen, ausführlichen Empfang nach der Trauung für alle Kollegen, für deine zahlreichen Freunde und für alle Verwandten, davon hast du sicher mehr als ich." Peter dachte daran, wie sie sich bei Majas Tod verhalten hatten und wollte sie eigentlich nicht wieder sehen. Schwamm darüber, seine Hochzeit soll ein Freudenfest werden. Susanne fuhr fort, „und abends ein kleines Essen nur mit den Eltern, den Trauzeugen, den allerengsten Freunden und Marc."

Susanne war sichtlich aufgeregt, schrieb alles, was zu tun war, auf ein großes Blatt.

Peter hatte keine besonderen Wünsche, er beobachtete sie nur, hörte ihr zu. Ihre Vorstellungen klangen vernünftig, und so gab es wenig zu ändern an ihren Plänen.

Blieb noch der Raum für den Empfang, das war Peters Aufgabe, er schlug sein Verbindungshaus vor, das sei ideal, vor Ostern sicher frei, es gebe dort genügend Platz und auch einen bewährten Caterer.

„Abends für das kleine Essen gehen wir zu meinem Freund in Grünwald in das Nebenzimmer, er hat neuerdings auch ein paar Gästezimmer, in seinem schönsten werden wir unsere Hochzeitsnacht verbringen." Peter rückte näher, berührte ihre Schultern und wickelte wieder einmal eines ihrer Löckchen um seinen Zeigefinger. Beinahe wäre sie rot geworden, Hochzeitsnacht, mussten das alle wissen?

Soweit war alles gut, Susanne und die Kinder sollten seinen Namen tragen. Peter hatte sich schon vor einiger Zeit in der renommiertesten Kanzlei Münchens, in der alle Geschäfte seiner Schwiegerfamilie abgewickelt wurden, mit Hinweis auf die Schweigepflicht der Anwälte, wegen der Adoption erkundigt.

Der Anwalt, ein älterer Herr, den Peter gut kannte, meinte, sie seien zwar keine Familienexperten, nach seinem Wissen aber müsse der leibliche Vater zustimmen, was er wohl, nach dem, was Peter ihm erzählt habe, tun sollte. Wenn nicht, käme es zu einer Verhandlung, der Richter entscheide stets nach Kindeswohl, in diesem Falle sicher für eine Adoption. Man könne dem leiblichen Vater von einer Klage nur abraten, das koste unnötig Zeit und Geld. Sobald er die Heiratsurkunde habe, könne er die Adoption in die Wege leiten.

„Es wird Zeit, dass du meine Behausung kennenlernst", sagte Peter nach dem reichlichen Frühstück.

Susanne war neugierig, um seine Wohnung rankten sich allerlei Gerüchte im Kollegium.

„Ich brauche noch deine Kontonummer."

Sie runzelte die Stirn, schüttelte den Kopf, hatte Peter ein Geldproblem?

„Wozu denn das, bei mir ist absolut nichts zu holen", sie holte ihre Kontoauszüge, den Sparvertrag, ihr Sparbuch, „was soll das werden, ich brauche mein ganzes Erspartes für ein neues Auto, das alte wird nicht mehr durch den TÜV gehen."

„So?", sagte Peter, „ich dachte, wenn ich dich heirate, dann habe ich zwei Einkommen."

Er hielt sie fest, sah sie eindringlich an, „Susanne, im Ernst, du wirst alle meine Freunde kennenlernen, im November ist der Herbstball der Verbindung, das Jahrestreffen im Golfclub, das gemeinsame Abendessen der Schulleiter mit ihren Partnerinnen, und so fort, dazu brauchst du einige Kleider, ich werde dir 3000 Euro überweisen, vorerst."

Susanne schlug die Hände vors Gesicht, „Peter,

kannst du dir überhaupt eine Familie leisten bei all diesen Ausgaben? Ich will auch deine Vermögensverhältnisse einsehen, gerechtigkeitshalber!"

Peter gab ihr ihre Unterlagen wieder, lehnte sich zurück, verschränkte die Arme, schwieg eine Weile.

„Ich kann mir eine Familie leisten, eine Frau und Kinder. Susanne, versprich mir, niemals mit mir über Geld zu streiten, es wird uns reichen", er beugte sich vor, „bekomme ich dann ab und zu auch ein Steak?"

Wider Willen lächelte sie, „vielleicht, wenn du brav bist."

Peter wusste, dass Susanne nicht nur aus ernährungswissenschaftlichen Gründen selten Steaks briet, sondern auch, weil sie ihr Haushaltsbudget schonte.

Er ging um den Tisch herum, sie stand auf, „Liebes, bist du wenigstens ein bisschen glücklich?" Susanne nickte nur, der Kloß im Hals war wieder da.

Sie fuhren in seine Wohnung, der Hauseingang, ohne Namen, sehr elegant, Marmortreppen, Blumenkübel.

Susanne ging von Zimmer zu Zimmer, Peter erklärte, lehnte sich an die Türrahmen und sah ihr zu, wie sie stehen blieb, sich umsah, sich nicht traute etwas anzufassen.

Sie konnte es sich nicht erklären, wie er sich in ihrer kleinen Wohnung mit den Möbeln vom

Secondhand-Laden oder einem Discounter, in den selbstgestrichenen Wänden mit den billigen Bodenbelägen wohlfühlen konnte. Hier schien alles eine Nummer zu groß, zu edel, zu teuer, geräumige Zimmer mit hellen, lackierten Möbeln, weiße Sofas, in denen man versank, dazwischen echte Antiquitäten, Vorhänge farblich passend, Teppiche, Bilder aufeinander abgestimmt.

Peter erriet ihre Gedanken, dies sei eine Designer-Wohnung, von einer Expertin gestaltet, weder Maja noch er hätten etwas selbst bestimmt. Nach ihrem Tod habe er sein Schlafzimmer und sein Arbeitszimmer verändert, deshalb würden sie aus dem Rahmen fallen. Die anderen Räume benutze er nicht. Das ausziehbare Bett aus dem Gästetrakt hatte er am Anfang ihrer Beziehung in Susannes Wohnung bringen lassen, sie hatte damals nur ungern zugestimmt, aber in ihr kleines Zimmer hat es genau gepasst.

„Du hast für deine Wohnung jeden Gegenstand mit Liebe ausgesucht und aufgestellt, jedes Teil steht für dich, lebt mit dir, hier fühle ich mich wie in einer Theaterkulisse."

Susanne nickte, sie ging zur Terrassentüre, „kann ich einmal rausgehen?"

Peter öffnete die Sicherheitsschlösser, trat mit ihr hinaus, trotz des diesigen Wetters lag ein traumhaftes Panorama Münchens vor ihnen.

„Jeden Abend, wenn ich zu Hause bin, sitze ich noch kurz hier bei jedem Wetter. Die Terrasse wird mir fehlen. Aber ich kann hier nicht mit dir leben, ich würde mich eingeengt, beobachtet fühlen, von oben von den Schwiegereltern, von unten von Marc und der allgegenwärtigen Mademoiselle. Wir brauchen unsere Freiheit."

Sie standen nebeneinander, jeder hing seinen Gedanken nach, würde Peter tatsächlich auf diese Umgebung verzichten können?

„Susanne, ich muss meine Mails checken und Banksachen erledigen, kommst du mit, um meine Konten einzusehen?"

Susanne verstand nicht viel von Peters Steuererklärung, er zeigte ihr Majas Festgeldkonto, seit ihrem Tod auf seinen Namen ausgestellt, erläuterte kurz den Zusammenhang.

Susanne blieb sitzen, sprachlos, nach einer Weile sagte sie, „Peter, du willst mir doch nicht erzählen, dass ich nicht nur den liebenswertesten Mann, den es gibt, den angesehensten Schulleiter Münchens, sondern auch noch einen reichen Mann heirate?"

Peter lachte, „nein, reich bin ich nicht, die Wohnung, die Mitgift Majas gehören mir nicht wirklich, ich habe nur mein Gehalt. Reich sind meine Schwiegereltern. Geld ist für sie ein Unwort, darüber spricht man nicht, das hat man, damit macht man höchstens Geschäfte." Er legte seine Hände auf ihre Schultern, „mach dir nicht so viele Gedanken, Liebes."

„Peter kann ich über das Geld wirklich allein

verfügen?" Er nickte.

„Dann kaufe ich mir Kontaktlinsen, damit ich bei meiner Hochzeit ohne Brille auskomme. Die Krankenkasse zahlt das nicht. Und nächste Woche, Peter, gehe ich mit meiner Mutter feiern, wir gehen ins beste Café und essen mehrere Stück Kuchen."

Peter lachte, „wenn du das öfters machst, wirst du zu dick. Ich lege noch einen Tausender drauf für die Kontaktlinsen."

„Kann ich noch ein bisschen herumgehen?"

„Das solltest du sogar, du musst sowieso entscheiden, was du von dieser Wohnung für uns mitnehmen willst." Er sah sich um, an was hing er wirklich?

Sie ging in die Küche, all diese teuren Töpfe und Pfannen, wurden sie je benutzt? Sie suchte sich eine Pfanne aus, diese könnte sie gut brauchen für seine Steaks.

„Alle bis auf eine kannst du mitnehmen, ab und zu werde ich doch noch hier essen müssen", er drehte sich zu ihr um, „bis Ostern ist es mir eigentlich zu lang, können wir nicht doch eher heiraten?"

Susanne küsste ihn, „wenn du eine Wohnung findest."

„Übrigens, nächsten Mittwoch, da hast du frei, kannst du Frau Gant bitten auf die Kinder aufzupassen? Wir werden in die Stadt gehen zum Einkaufen", er lächelte, „Klamotten für deine Auftritte, und danach besuchen wir Marc in seiner Galerie, ich werde dich vorstellen. Am Donnerstag spiele ich Squash mit ihm, anschließend gehen wir immer zum Italiener, ich werde ihm erklären, was Sache ist, er kann dann seine Eltern schon vorbereiten, am Freitagnachmittag melde ich mich bei ihnen zum Kaffee an und teile ihnen noch selber unsere bevorstehende Hochzeit mit. Sie laden uns sicher ein, schon aus Neugierde."

„Muss das sein? Peter ich kenne solche Leute nicht, was zieht man da an, was sagt man?"

„Sie sind nett, etwas reserviert, Maman wird dich dezent ausfragen. Marc wird dich genau beobachten. Wenn er dich ablehnt, wirst du es nicht bemerken, wenn er dich mag, wird er versuchen, dich zu vereinnahmen, sei vorsichtig, er ist ein Menschenfänger."

Zuallererst musste Lili von den Hochzeitsplänen erfahren, Susanne hatte etwas geheimnisvoll geklungen, ehe sie sich trafen.

Lili freute sich aufrichtig für beide, endlich, sie war sehr zufrieden mit sich, hatte sie nicht auch ein wenig nachgeholfen? Vor allem, nachdem sie seine Zuneigung für Susanne beinahe vor ihm erkannt hatte.

Ein paar Tage später, zu Susannes Geburtstag luden sie die „Sozialgang" ein, lange Umarmungen, Küsschen, viel Prosit, es wurde spät an diesem Abend.

„Endlich hört euer Lotterleben auf", sagte Walter, der Katholik, er werde seinen evangelischen Kollegen um Mithilfe bitten, eine ökumenische

Trauung, einfach wunderbar, eine Kirche ließe sich leicht finden, und Ulli versprach, sich sofort um den musikalischen Rahmen zu kümmern, vielleicht könne auch der Schulchor ein Ständchen bringen. Sie vereinbarten, vorerst nichts im Kollegium preiszugeben.

An diesem Abend war Susanne richtig glücklich.

XXXV

Susanne fühlte sich erschöpft, ausgepumpt. Es hätte eine schöne Zeit werden sollen, das Kennenlernen von Peters Freunden und Verwandten, die gesellschaftlichen Veranstaltungen, die Einkäufe ihrer Kleider, statt dessen Zeitnot, Genervtsein, Enttäuschung, Zweifel.

Im Eilverfahren kauften sie ein, einen dunkelbraunen Hosenanzug, dazu einen passenden Kaschmirpullover, eine Seidenbluse, ein winterliches Kleid, Stiefeletten, eine festliche Robe für den Ball.

„Du gehst alleine", Susanne hatte Angst vor all diesen bevorstehenden Treffen, sie wusste, sie würde unbarmherzig begutachtet werden, je öfter sie daran dachte, umso schwieriger erschien ihr die neue Rolle an Peters Seite. Sie wollte für Peter glänzen, aber konnte sie das überhaupt, war sie ihm, der stets Designer-Sachen wie etwas Selbstverständliches trug, auch nur annähernd ebenbürtig?

In dem ganzen Stress schien ihr der Besuch in Marcs Galerie der einzige Lichtblick.

Seit Majas Tod stellte Peter zum ersten Mal seinem Schwager und Freund eine Frau vor. Susanne hatte sich vorbereitet, die Künstler gegoogelt, sich überlegt, was sie dazu sagen könnte. Marc begrüßte sie überrascht, erfreut, ließ Kaffee bringen, sie setzten sich, ein leichtes, angenehmes Gespräch. Susanne fragte, ob sie die Bilder betrachten dürfe, natürlich, natürlich. Er blieb bei Peter sitzen, beobachtete sie genau, eine sympathische, warmherzige Frau, sah jünger aus, könnte mehr machen aus ihrem Typ, hatten sie ein Verhältnis miteinander? Hoffentlich nur ein oberflächliches, mehr würde er nicht ertragen. Er gesellte sich zu ihr, fragte, welches Bild ihr besonders gefiele.

„Ich verstehe nicht viel von Malerei", sagte Susanne, „aber ich gehe gerne in Ausstellungen", sie fand Erklärungen, warum ihr dieses Bild besser gefiel als jenes. Marc staunte, eine ungewöhnliche Meinung, aber immerhin, sie hatte etwas zu sagen, intelligent war sie also auch.

„Gehen wir doch zu ‚Pietro', in etwa einer Stunde, ich lade Euch ein", schlug er vor. Susanne schüttelte leicht den Kopf, überließ Peter die Absage.

Am nächsten Tag, nach dem Squash, erzählte Peter dem Freund von Susanne, ihren Kindern, seinem Entschluss sie zu heiraten.

„Sie war der Grund für deine vorzeitige Abreise im Sommer? Warum hast du mir nie etwas gesagt von ihr, warum hast du sie so unter Verschluss gehalten?"

Peter stocherte in seinem Risotto herum, ehe er antwortete, „dieses Mal wollte ich meine Frau allein aussuchen ohne jede Beeinflussung von außen, ich musste mir selbst im klaren werden, was ich wollte."

„Du willst auch jetzt nichts hören?"

Peter schüttelte den Kopf, Marc nickte, schien enttäuscht, wieder wurde ihm bewusst, wie sehr er Peters Vertrauen vermisste.

Peter sah ihn ernst an, „ich liebe sie, das lässt sich manchmal nicht so genau erklären."

Marc wünschte sich, die Kinder kennenzulernen, er unterdrückte jedes Gefühl, es gelang ihm, seine Miene neutral zu halten.

Peter war erleichtert, „wann hast du Zeit? Am Sonntag?"

Er rief Susanne an, ja doch, es passte nicht wirklich, aber Peters Stimme hatte einen dringlichen Unterton, am Nachmittag wegen der Kinder, am Abend wird man sehen.

Am Freitag, gegen vier Uhr, suchte er seine Schwiegereltern auf, Maman und Papa. Es traf sich gut, denn um sechs Uhr wollte er wieder in der Schule sein, die Sanierung der Fachräume musste mit den Kollegen besprochen werden, ehe er in die Verhandlungen mit dem Bauamt einstieg.

Die Schwiegereltern wussten schon von seiner Heirat, Marc hatte ihnen von Susanne ausführlich erzählt.

„Schön für ihn", ein nüchterner Kommentar der Eltern.

Peter setzte sich, Marc auch, wollte ihm notfalls zur Seite stehen. Herr Selters war bereits informiert über Peters Besuch in der Kanzlei, über sein energisches Auftreten, seine erstaunliche Fachkompetenz, über seine Forderungen nach einer genauen Aufstellung der Erträge, wo sie verbucht und versteuert seien. Peters Vater hatte ihn gut vorbereitet.

Peter sprach von seiner Heirat, sie seien natürlich herzlich eingeladen. Bis hierher freundliche, reservierte Anteilnahme, dann das Problem der Wohnung.

Marc schwieg, beobachtete aufmerksam die Anwesenden, Herr Selters fragte, ob sie hier einziehen wollten, er lächelte nicht mehr, seine Frau rührte in der Kaffeetasse, trank einen Schluck, durchbrach schließlich die Stille, „es würde etwas Leben in unser Haus kommen."

Sie war sich nicht sicher, ob sie Peters glückliche Familie würde aushalten können, das Haus war einst gebaut worden, um Majas Familie und deren Kinder nahe zu sein.

Peter stand auf, er müsse leider gehen, deutete eine Verbeugung Richtung Papa an, küsste Maman flüchtig auf die Wange, Marc begleite ihn, sagte nichts, ein kurzes Abklatschen, die Türe fiel ins Schloss.

Der Sonntag kam. Marc brachte einen großen Traktor, einen Kran, einen Blumenstrauß und Peters Lieblingschampagner mit. Thommy und Sascha standen stumm vor ihm, wunderten sich über den großen Mann in den schwarzen Kleidern und die Sachen, die er ausgebreitet hatte.

Peter öffnete den Champagner, setzte sich, beobachtete die Szene hoffnungsvoll.

Und Marc? Er sah den Kindern zu, wusste nicht so recht, wie man mit ihnen umgeht. Er vermied soweit wie möglich die Familienzusammenkünfte des New Yorker Clans.

Das war es also, was Peter mit dem ‚zu seinen Wurzeln zurückkehren' meinte, eine bürgerliche Idylle. Er selber stammte doch aus einer gut situierten Münchner Familie, weshalb zog er sich in diese Enge hier zurück?

Die Kinder wurden ins Bett gebracht, Marc sah zu wie Peter eine Geschichte vorlas. Der Abend verlief friedlich, eine lebhafte Unterhaltung über Opern, Kunst, Golf.

Als Marc sich verabschiedete, begleitete ihn Peter nach unten, sie warteten auf das Taxi, standen voreinander, stumm.

„Ich kann das nicht, eine Frau, eine Familie zwischen dir und mir", Marc brach ab, „du hast mir Maja ersetzt, du bist mir mehr als ein Freund, das weißt du", wieder stockte er, „die ganzen Jahre habe ich gehofft, es gab winzige Anzeichen", er schüttelte den Kopf, „Peter, ich kann nicht, ich muss erst darüber hinwegkommen."

Susanne war auf den Balkon getreten, wo blieb Peter?

Sie sah die beiden, sie umarmten sich, lange, zu lange, innig, schließlich lösten sie sich voneinander, Marc ging zum Taxi, Peter blieb stehen, sah ihm nach.

Susanne ging zurück ins Zimmer, was hatte sie da gesehen, wer war Marc, was bedeutete er für Peter?

Peter schloss die Türe auf, wirkte verstört, mitgenommen, traurig.

„Willst du nicht mit mir darüber sprechen?"

Peter schüttelte den Kopf, „nein, nicht jetzt", Pause, „ich muss das selber erst begreifen."

Sie gingen ins Bett, Peter hielt Susanne fest, er atmete heftig, umklammerte sie, Susanne hielt still. In dieser Nacht schliefen sie nicht miteinander.

Einige Tage vergingen, der Ball in Peters Verbindung stand bevor.

Susanne schlief schlecht, dachte immer wieder an den Sonntagabend. Sie hatte viel zu korrigieren, dazu die Vorbereitungen des Adventsbasars, jede Klasse wollte eine Weihnachtsfeier, sie war ungeduldig mit Thommy und Sascha. Peter hatte kaum Zeit, unendliche Verwaltungstermine zum Ende des Jahres, wenn er spät abends kam, war er einfach nur müde, sie fanden keine Gelegenheit sich auszusprechen.

Der Samstagabend kam, Susanne war angespannt, gereizt.

Sie war extra zum Friseur gegangen, quälte sich mit den Absätzen ab, trug dieses Kleid, das ihre mädchenhafte Figur besonders betonte, Peter fand sie bezaubernd.

Kaum angekommen, wurde Peter überschwänglich begrüßt, Schulterklopfen, Scherze, er stellte Susanne vor, ein flüchtiges Händeschütteln, abschätzige, wertende Blicke, niemand sprach mit ihr. Am Buffet wurde sie geschubst, ein Glas fiel um, glücklicherweise nicht auf ihr Kleid, ihre zaghaften Versuche, mit den Tischnachbarn ins Gespräch zu kommen, versandeten. Der Tanz wurde eröffnet mit einem Walzer, Peter führte Susanne zur Tanzfläche, nach zwei Runden abgeklatscht, das sei so üblich, sagte Uschi lachend zu ihr. Dem armen Philipp blieb nichts anderes übrig als mit Susanne zu tanzen. „Ich bin kein guter Tänzer, kann ich dich zu einem Drink einladen?" Susanne nickte, mehrere Frauen hopsten um Peter herum, man schien sich um ihn zu streiten. Als Peter Susanne nicht mehr auf der Tanzfläche sah, hörte er sofort auf mit der Tanzerei und ging zur Theke. Aber selbst hier ließ man ihn nicht in Ruhe, mit dieser hätte er noch nicht..., jener schulde er...

Susanne hatte genug, sie wollte sich zu ihren Schwiegereltern, zu den alten Herren und ihren Damen zurückziehen, Peter holte neue Getränke, kam aber kaum durch, dauernd wurde er gestoppt. War er als Junggeselle eine Art Freiwild, mit dem man beliebig spielen konnte?

Noch einmal führte er Susanne zur Tanzfläche, nach dem ersten Abklatschen zupfte sie ihn energisch am Arm, „es ist schon nach Mitternacht",

Peter verstand, sie hatten Frau Gant versprochen, spätestens um eins zurück zu sein. Susanne war einen Schritt voraus, hörte es aber doch, als Uschi zu ihm sagte, „bring sie doch nach Hause und komm dann ins ‚Treasure', der neue DJ ist toll, wir rechnen mit dir."
Peter wandte sich wortlos ab, folgte Susanne, sie verabschiedeten sich von seinen Eltern, gingen hinaus zur Garderobe, er half ihr in ihren schönen Mantel vom letzten Jahr, auf den sie besonders stolz war, Peter hatte ihr einen Seidenschal dazu geschenkt.
„Bitte warte auf mich einen Augenblick, ich muss meinem Burschen noch ein Trinkgeld geben, er bedient an der Theke."
Ein Glatzkopf kam aus dem Saal, „da ist ja unsere Schöne", berührte sie am Arm, Susanne wurde wütend, nach diesem Abend auch das noch, Spott, Häme, üble Anmache, als er sie festhalten wollte, schlug sie ihm kräftig ins Gesicht, er torkelte, Philipp, der zufällig an der Saaltüre stand, hatte die Szene gesehen, hielt sofort den Glatzkopf fest, „Susanne, bitte entschuldige, er ist betrunken", schob ihn Richtung Toilette, Peter kam auf die Gruppe zu, sah Susannes zorniges Gesicht, „was ist passiert?", „nichts, nichts", sagte Philipp, „geht ruhig, ich werde schon mit ihm fertig."
Peter half Susanne ins Taxi, das eigentlich jemand anderer bestellt hatte, sie atmete heftig, Peter legte fest den Arm um sie, sie war immer noch

aufgebracht. Sie hatte ihre Beherrschung verloren, noch nie hatte sie jemanden geschlagen, weder einen nervigen Schüler, schon gar nicht einen Mann. Vieles war zusammengekommen, das merkwürdige Verhalten Marcs, der Stress der letzten Tage, das Gefühl der Unterlegenheit gegenüber Peter, die völlige Missachtung seiner Freunde, ohne auch nur einen Augenblick nachzudenken, ohne passende Worte zu suchen, hatte sich ihre Hand selbständig gemacht, sogar getroffen.

Sie stiegen aus, endlich sagte sie, „ich habe ihm eine gescheuert", Peter musste lächeln, seine sanfte Susanne, „das hast du gut gemacht", sagte er, „er ist fast immer am Ende betrunken."

Susanne war todmüde, hatte sich noch immer nicht richtig beruhigt, wollte nur noch ins Bett, „nie wieder gehe ich zu deinen Festen, amüsiere dich doch allein, was hast du nur für Freunde, keiner hat mit mir gesprochen, ich war Luft für sie, dich wollten sie haben, nur dich, ich brauche diese Leute nicht. Geh doch mit ihnen zu diesem DJ, aber lass mich in Ruhe." Peter sagte nichts, küsste vorsichtig ihre Stirn, ihr Ohrläppchen, hielt sie fest, bis sie schließlich vor Erschöpfung eingeschlafen war.

Peter schlief nicht, wie konnte das passieren, er hatte sehr wohl die Blicke der Männer bemerkt, versucht, sich vom Gezerre der Frauen zu befreien, Susanne zu schützen. Er hätte es wissen müssen, Philipp hatte sich in die Männerrunde an der Theke eingereiht, aber Uschi, warum ignorierte sie Susanne.

Am Sonntag rief Uschi auf Peters Handy an, sie redete ohne Unterbrechung.

„Hallo Peter, ich will dich nur an meinen Nikolausabend erinnern, du bist fest eingeplant, ich setze dich zwischen Marlies und Ines, sie ist ja auch wieder Single, es wurde Zeit, dieser Autofritze, bei jedem Fest ist er besoffen, Ines ist für ihn zu schade. Was hast du denn da für ein Girlie mitgebracht, das ist doch nichts Ernstes, oder?", Peter kannte ihre langen Tiraden, hielt das Handy etwas weg, bemerkte nicht, dass Susanne zuhörte, ... nett, aber viel zu jung... hübsches Kleid... aber doch nicht sein Typ... er brauche endlich eine gestandene Frau, die etwas vorstelle... Repräsentationspflichten als Schulleiter... Marlies oder Ines, beide seien verliebt in ihn... ein anderes Kaliber als so ein unerfahrenes Ding...

An dieser Stelle unterbrach er Uschi, „Vorsicht, du sprichst von meiner zukünftigen Frau." Uschi verstummte augenblicklich, entsetzt, was hatte sie da eben gehört, „ist das dein Ernst? Entschuldige, das konnte ich nicht ahnen, warum hast du nichts gesagt?"

Ein Seufzer, „dann muss ich halt irgendwo noch einen Stuhl dazwischen quetschen", noch ehe sie weitersprechen konnte, fuhr Peter dazwischen, „das klingt nicht nach ernsthafter Einladung, du musst auf uns verzichten, tut mir leid, entschuldige, aber ich habe wirklich Dringendes zu tun, Gruß an Philipp, Tschüss."

Uschi betrachtete den Hörer, da hatte sie sich etwas eingebrockt, sie musste mit Philipp sprechen, zusammen würden sie das schon wieder hinkriegen.

Philipp lachte, „Susanne ist wirklich nett, eine durchaus erfolgreiche Frau, sie sieht nur so jung aus, genau das Richtige für Peter."

„Du kennst sie?", Uschi staunte, „ja, als Peter so krank war, war er bei ihr, sie hat ihn gepflegt, das Fieber runtergebracht."

„Und mir hast du nichts gesagt?" Uschis Zorn wuchs.

„Ich habe es Peter versprochen", amüsierte er sich, wenn sie von den Kindern wüsste, würden diese Klatschweiber kein gutes Haar mehr an Susanne lassen.

Besser er hielt sein Versprechen, Peter sollte selbst entscheiden, wann er sein Geheimnis preisgeben wollte.

Susanne war während des Anrufs aus dem Zimmer gegangen.

Es reichte, den Tag musste sie noch mit Peter überstehen wegen der Kinder, aber am Abend war ein Gespräch fällig, sie würde ihr „Ja" in ein „Nein" verwandeln. Bis dahin konnte sie sich noch die passenden Worte überlegen.

XXXVI

Der Tag fing nicht gut an, Suanne blieb schweigsam. Peter schob es auf ihre Übermüdung, auf den unerfreulichen Verlauf des Balls.

Am Abend würde er versuchen, Susanne wieder zu einem Lächeln zu bringen, er war ihr einige Erklärungen schuldig.

Sie saßen sich am Tisch gegenüber, keine Umarmung, kein Kuss den ganzen Tag, Peters Bemühen mit Komplimenten zu ihren Kochkünsten, die Stimmung aufzulockern.

Vergeblich.

„Peter, du hast mir gesagt, dass du jede meiner Entscheidungen akzeptierst", es fiel ihr schwer weiter zu sprechen, „ich kann nicht heiraten, ich brauche eine Bedenkzeit."

Es war gesagt, Susanne sah ihn nicht an, presste ihre Hände fest zusammen.

Peter schwieg.

„Deine Freunde akzeptieren mich nicht, werden mich nie akzeptieren, ich bin ein unerwünschter Eindringling in ihre Kreise, vielleicht haben sie recht, du brauchst eine Frau, die etwas vorstellt, ich bin ihnen nicht gewachsen."

Peter schwieg.

„Da gibt es noch etwas, was ich nicht verstehe,

was hast du für ein Verhältnis zu Marc? Ich habe euch am Sonntagabend beobachtet. Warum heiratest du mich, wenn du eine Beziehung zu ihm hast? Ich will und kann kein Ersatz für ihn sein", sie zögerte, „Peter, mein Leben passt nicht zu deinem, ich kann dir nicht zumuten auf deine Freunde, auf Marc zu verzichten, es geht einfach nicht", sie verdeckte die Augen mit einer Hand, Haltung bewahren, gelassen bleiben.

Peter schwieg, Susanne blickte zu ihm auf, sah sein verschlossenes Gesicht.

„Von meinen sogenannten Freunden müsstest du nur Philipp akzeptieren, auf alle anderen kann ich verzichten. Und Marc?" er machte eine Pause, wandte den Blick von ihr ab, „ich habe keine Beziehung zu Marc, wie du es nennst, er hat vielleicht auf eine Beziehung zu mir gehofft, meine Heirat trifft ihn sehr, weil er glaubt, mich damit endgültig zu verlieren."

Peter schwieg, stand auf.

„Bevor wir durch vieles Reden etwas zerstören, ist es besser ich gehe. Du sollst deine Bedenkzeit haben, wie lange? Allzu lange kann ich es nicht ertragen, ich brauche eine eindeutige Entscheidung."

Er zog seinen Mantel an, drehte sich noch einmal zu ihr um, „Susanne, ich liebe dich."

Die Türe schloss sich hinter ihm, noch ehe Susanne etwas erwidern konnte.

Susanne lehnte sich gegen die Türe, starr, unbeweglich.

Tränen halfen jetzt nicht, eher ein klarer Verstand, den sie im Augenblick nicht hatte, in ihrem Kopf ein einziges Durcheinander.

Am liebsten würde sie auf ihren Bauernhof fahren, weg von allem, allein sein, dort war sie bisher immer zur Ruhe gekommen.

Sie kochte Beruhigungstee, schlafen, vergessen, schlafen.

Die folgende Woche begegneten sie sich reserviert, nicht unfreundlich, sprachen das Nötigste.

Niemand bemerkte die Veränderung, nur Lili war alarmiert.

Was war passiert? Sie wollte nicht nachfragen, sie musste warten.

Das Wochenende kam.

Was hatte er früher gemacht? Er hatte bei Marc geläutet, wenn er da war, sie waren um die Häuser gezogen, in Discos versumpft, hatten beim Italiener geschlemmt, Golf gespielt, gejoggt, auf Peters Terrasse gesessen, Freunde getroffen, mit Philipp lange Abende verbracht. Als Susanne für ihn immer wichtiger wurde, hatte er sorgfältig abgewogen, immer weniger Zeit für die Freunde gefunden, die ihm augenzwinkernd eine Frau andichteten, nur Marc hatte an seine viele Arbeit geglaubt, wohl weil er selbst wegen seiner zahlreichen Projekte kaum noch eine freie Minute hatte.

Er beschloss, in die Stadt zu fahren, schlenderte ziellos herum, in Discos, allein? Unmöglich, er stopfte an einem Stehimbiss etwas in sich hinein, fand ein Kino, ein Politthriller, das lenkte wenigstens ab. Wie sollte er den Samstag und den Sonntag herumbringen?

Die Eltern konnte er nicht besuchen.

Schließlich setzte er sich an den Schreibtisch, begann mit einem neuen Artikel für die Zeitschrift, den er schon lange versprochen hatte. Er schrieb zwei Sätze, löschte sie, versuchte es mit einem dritten, vergeblich, immer wieder lugte Susanne zwischen den Zeilen hervor. Gegen Abend joggte er, sich völlig zu verausgaben, anschließend mehrere Gläser Wein, das hatte bisher immer geholfen. Das Wochenende verging nur langsam.

Und Susanne? Dachte sie nach über ihre Bedenkzeit? Sie vermied es, so gut es ging.

Am Samstag wollte sie in die Stadt gehen, bat ihre Mutter, auf die Kinder aufzupassen, um Weihnachtsgeschenke zu kaufen, auch für Peter?

Sie konnte ihn nicht heiraten! Musste es denn sein? Die Situation war doch gut so wie sie war, Peter ihr Liebhaber, ihr Freund, hatte sie je mehr verlangt?

Am Sonntag ließ sie die Kinder bei ihrer Mutter der Korrekturen wegen, erfand eine Geschichte für Peters Abwesenheit.

Sie quälte sich, sie musste zu einem Entschluss kommen, Bedenkzeit, wie lächerlich, was war zu „bedenken". Liebte sie Peter genug oder nicht, das war die Gretchenfrage, kein „Ja, aber" hatte Peter verlangt, ein „Ja" oder „Nein". Am Sonntagabend war sie immer noch nicht zu einem Ergebnis gekommen, sie verscheuchte jeden Gedanken an den Ball, schlimm genug, dass sie ihn erlebt hatte, das ständig wiederkehrende Bild von der engen Umarmung der beiden Männer bedrängte sie.

Sie konnte Peter nicht heiraten, nicht ihn teilen mit diesen Freunden, mit Marc.

Liebe reicht für ein gemeinsames langes Leben nicht aus! Wörter wie Gleichklang, Ebenbürtigkeit schwirrten in ihren Gedanken herum. Was für hohle Begriffe, nichts als Banalitäten, was Besseres fiel ihr nicht ein?

Könnte sie die Probleme, die ihr im Augenblick unüberwindlich schienen, je bewältigen?

Vielleicht mit seiner Hilfe.

Eine weitere Woche verging, dann unterbrachen zwei kleine Ereignisse die täglichen Vermeidungsstrategien zwischen Peter und Susanne.

Der Vater rief ihn in der Schule an, „könnt ihr heute Nachmittag zum Kaffee kommen?"

„Susanne hat eine Weihnachtsfeier, ich kann alleine kommen, wenn es unbedingt sein muss."

Peter wusste, ein solcher Anruf bedeutete dringenden Handlungsbedarf, war etwas passiert, waren sie krank?

Die Mutter hatte seine Lieblingstorte gebacken, den Tisch festlich gedeckt.

„Du siehst müde aus."

Peter suchte eine bequemere Haltung in seinem Sessel, sah aus dem Fenster, ein tristes Wetter, fuhr sich durchs Haar. Seine Befindlichkeit konnte nicht der Grund für dieses Herzitieren sein.

Sie schwiegen, tranken Kaffee, aßen den Schokoladenkuchen, seine Eltern schienen gespannt, erwartungsvoll, irgendwie wirkten sie positiv gestimmt.

„Peter, um es kurz zu machen, deine Mutter und ich haben einen Vorschlag für euch. Wie es aussieht, wirst du weder ein brauchbares Haus noch eine Wohnung finden, der Markt ist leergefegt. Deine Mutter klagt seit ihrem Bandscheibenvorfall vor zwei Jahren über das viele Treppensteigen, die Bückerei im Garten und versucht seither immer wieder, mir ein ebenerdiges Haus schmackhaft zu machen. Du weißt, wie sehr ich an dem Garten hänge und deshalb habe ich bisher auf diesem Ohr sehr schlecht gehört. Aber jetzt ist es vielleicht soweit, einen Schnitt zu machen. Thommy und Sascha brauchen einen Garten, eine Schaukel, einen Sandkasten. Unser Vorschlag, wir überlassen euch unser Haus und ziehen in eine komfortable Wohnung mit Terrasse im obersten Stock, Aufzug, Hausmeister, alles ist vorhanden. Rechtlich wird das natürlich sauber festgelegt, wir überschreiben dir das Haus, behalten Nießbrauchrecht. Das Haus lasse ich, wie wir es für nächstes Jahr geplant haben, renovieren, vielleicht auch ausbauen, weil ihr wahrscheinlich mehr Zimmer braucht."

Der Vater räusperte sich, „es gibt ein einziges Problem, weder das Haus, noch die Wohnung werden bis zu eurer Hochzeit bezugsfertig sein."

Er schwieg, die Eltern sahen ihn erwartungsvoll an.

Peter konnte es nicht fassen, seine Eltern, die an dem Haus hingen, in dem er eine glückliche Kindheit verbracht hatte, waren bereit, ihm ihr geliebtes Heim zu überlassen?

Als er immer noch schwieg, nicht wusste, was er sagen sollte, fügte die Mutter hinzu, „wir würden natürlich unsere Möbel mitnehmen, und es uns in der neuen Wohnung gemütlich machen."

Peter nahm sich zusammen, „das kann ich nicht annehmen, das ist doch ein echtes Opfer für euch."

Seine Mutter lachte, „nein, eine Erleichterung wäre es für mich", und der Vater drohte lachend, „wenn ihr das wollt, mach ich weiterhin den Garten, jede Woche tauche ich bei euch auf, esse Susannes gute Kuchen und spiele mit meinen Enkeln. Im Ernst, Peter, gibt es echte Einwände? Ich nehme an, auch Susanne wird sich über diese Lösung freuen. Wir müssen natürlich eine Zwischenbleibe finden, bis eine der beiden Wohnung, die wir zur Wahl haben, fertig ist."

Die Baugesellschaft, für die er als Berater tätig war, hatte sich auf Altbauten, Rekonstruktionen und Renovierungen spezialisiert, es gab nur wenige neue Objekte. Augenblicklich bauten sie ein ähnliches Haus wie das der Selters, ebenfalls am Hang in Bogenhausen, allerdings mit fünf Wohnungen, es stand bereits im Rohbau. Ein anderes Haus von gleicher Bauart wurde in Nymphenburg errichtet, hier gab es keine Aussicht, aber die Infrastruktur schien in diesem Viertel besser. Bei beiden Objekten hatte der Vater eine Option auf die jeweilige Penthouse-Wohnung, eine wollte er behalten, eine mit Gewinn verkaufen, die Mutter sollte sich für eines der Objekte entscheiden.

Peter schüttelte den Kopf, „ich kann es nicht glauben, ihr wollt uns wirklich euer Haus überlassen?"

Einerseits war er stolz auf seine Eltern, so leicht wäre das Wohnungsproblem zu lösen? Andererseits drohte er in Hoffnungslosigkeit zu versinken. Wie konnte er den Eltern Susannes „Bedenkzeit" vermitteln? Wie, wenn das Ergebnis negativ war? Dieser schreckliche letzte Abend, sie musste sich bald entscheiden, die Situation geriet langsam zu einer Groteske.

„Komm wir trinken darauf, ich habe einen Sekt kaltgestellt", der Vater verschwand in der Küche.

Sie stießen an, „auf einen guten Umzug."

Peter nahm sich zusammen.

Eine Weile noch sprachen sie über die Vorgehensweise, wo sie während der Renovierung des Hauses bleiben könnten, die rechtliche Seite.

Auch hier hatte der Vater schon die Lösung, Peter könnte in seiner Wohnung bleiben und sie als

Gäste bei ihm einziehen, nur mit ihrem Bett, bis das Haus und die Wohnung fertig wären. Diese Lösung würden sie Herrn Selters aber erst im Januar verklickern, die Verträge gaben das rechtlich her.

Er hielt es nicht mehr aus, er musste gehen, sofort, er konnte nicht weiter so tun als ob.

Peter bedankte sich noch einmal, verließ sein Elternhaus traurig, wütend.

Wie lange musste sich Susanne noch „bedenken", was musste sie „bedenken"?

Wann endlich hatte er Gewissheit?

Ein weiterer Anruf brachte ihn beinahe zur Verzweiflung. Maman machte ihm auch einen Vorschlag. Sie habe gehört, dass er und seine neue Familie nicht nach St. Moritz über Weihnachten mitkämen, verständlich, die Kinder in diesem großen Hotel passten nicht. Wenn er aber in die Wohnung nach Zermatt gehen wolle, sie sei frei über die Ferien, die Haushälterin dort, Frau Törler, habe sowieso das ganze Jahr nichts zu tun, könne kochen und auf die Kinder aufpassen. Er solle es sie rechtzeitig wissen lassen. Peter bedankte sich. Was für eine schöne Aussicht, wenn Susanne...

Stolz hin, Stolz her, jetzt könnte er einen echten Nutzen von den Besitzungen der Familie haben.

Er mochte gar nicht daran denken, wenn Susanne..., wo sollte er hin in den Ferien, allein ohne sie, ohne die Kinder? Nach St. Moritz auf keinen Fall, diese Genugtuung gönnte er den Selters nicht.

Wieder ein Freitagabend.

Susanne hatte den Nachmittag mit den Kindern zugebracht, der Abend kam, sie konnte die Entscheidung nicht länger hinauszögern. Sie holte den Ring aus der kleinen Schachtel, Peter hatte ihn nicht mitgenommen, hatte er ihn vergessen, oder absichtlich liegenlassen? Das kleine Kästchen lag auf dem Tisch, damals an dem schrecklichen Abend.

War sie nichts als eine dumme Gans, die ihr Lebensglück aufs Spiel setzte? Wofür? Warum vertraute sie Peter nicht? Er würde ihr doch helfen!

Sie hatte keinerlei Selbstvertrauen, das war es. Jahrelang hatte sie daran gearbeitet und jetzt? Alles umsonst, nichts als Zweifel.

Würde sie es schaffen, wenn sie sich nur genug Mühe gäbe?! Wenn sie stark genug wäre, nicht in allem nachzugeben.

Ihre Sehnsucht nach Peter schien von Minute zu Minute zu wachsen.

Der Verstand knickte ein, sie brauchte ihn in jeder Beziehung.

Ihre Finger tippten eine Mail, genau um 23.14 Uhr.

Peter saß auf seiner Terrasse in eine Decke gehüllt, er hatte den Abend vertrödelt, trank noch ein Glas und noch eines. Lilis vorsichtige Erkundigungen hatte er barsch abgewürgt. Morgen musste er seine Eltern über Susannes „Bedenkzeit" informieren, ihre Anfrage, ob sie mit den Kindern kämen, beantworten.

Peter stand auf um seinen Computer abzuschalten, eine Mail von Susanne um diese Zeit? Sie hatten sich früher öfters Mails geschickt kurz vor dem Schlafengehen, eine Liebeszeile aus einem Gedicht, einer Opernarie, sich Gute Nacht gewünscht. Er blieb sitzen, hatte Angst vor der Nachricht.

„Peter, ich liebe dich, mehr als ich jemals zugeben würde. Ich warte auf dich, Susanne."

„Morgen um acht, um neun oder wann? Peter."

„Sofort, Susanne."

Peter sprang auf.

Er schlüpfte in die Jacke, vergaß die Tasche mit der Wäsche, den Champagner, keine Blumen, löschte den Computer, die Lichter, rannte die Treppe hinunter, fuhr konzentriert, hielt vor ihrem Haus, blickte nach oben, im Wohnzimmer brannte Licht, auch in ihrem kleinen Schlafzimmer. Er läutete, sein Zeichen, nahm zwei Stufen auf einmal, der Aufzug war viel zu langsam, sie stand in der Türe, er konnte ihr Gesicht kaum sehen in der Dunkelheit des Ganges, nahm sie stürmisch in den Arm, warf die Türe mit dem Fuß zu. Lange standen sie so da. Später lagen sie eng umschlungen im Bett, erzählten sich fast die ganze Nacht, was sie sich nicht gewagt hatten zu sagen, sprachen von ihren Ängsten, ihren Vorbehalten, ihrem Vertrauen, ihrer Liebe.

Am Morgen als die Kinder in ihr Bett hüpften, gab es nur glückliche Gesichter.

Beim Frühstück besprachen sie die Vorschläge von Peters Eltern, von Peters Schwiegermutter.

So leicht waren alle Probleme zu lösen?

XXXVII

Peter und Susanne verbrachten zusammen mit ihrer Mutter, seinen Eltern und Lili, die schon seit Jahren dabei war, ein schönes, gemütliches Weihnachtsfest in Susannes kleiner Wohnung. Thommy hüpfte auf und ab vor Freude über die neuen Spielsachen und Sascha, eigentlich der lebhaftere von beiden, wollte von jedem die Tiere aus dem neuen Bilderbuch erklärt haben. Am ersten Feiertag brachen Peters Eltern nach St. Moritz auf, zum alljährlichen Urlaub mit den Selters, Peter und Susanne fuhren am zweiten Feiertag nach Zermatt, Susanne mit sehr gemischten Gefühlen, „du bekommst einen Skilehrer, Frau Törler besorgt den Haushalt, ihre Tochter betreut die Kinder und ich, ich genieße das Leben."

Peter sah Susanne zu, wie sie hinter dem Skilehrer herfuhr, nicht schlecht, dachte er, morgen fahre ich mit ihr. Unten angekommen fing er sie auf, ihre Augen blitzten, so musste sie als junges Mädchen ausgesehen haben, so unbeschwert.

„Habe ich endlich etwas richtig gemacht", sagte er leise, Suanne fuhr ihm liebevoll durch die Haare, schlang die Arme um seinen Hals.

„Wenn ich nicht schon in dich verliebt wäre, würde ich es jetzt tun", flüsterte er, „Lügner", antwortete sie.

Wieder in München beschloss Peter bei der ersten Besprechung dem Kollegium ihre bevorstehende Heirat bekannt zu geben, um jedem Gerücht zuvor zu kommen. Am Ende der Sitzung stand er auf, „erlauben Sie mir noch eine persönliche Bemerkung."

Susanne stellte sich neben ihn. Ein Oho und Aha ging durch die Reihen, alle erhoben sich, klatschten, Standing Ovations, „Sie sind natürlich alle zur Trauung und dem anschließenden Empfang herzlich eingeladen", die Kirche und der Ort des Empfangs würden später bekanntgegeben.

Die meisten Kollegen freuten sich für die beiden, sogar die Müllerin klatschte freundlich, einigen war es gleichgültig.

Herr Selters lächelte säuerlich, als Peter und sein Vater ihm beim monatlichen Mittagessen im Januar die „Lösung" präsentierten.

„Wir sind keine Mieter sondern nur zu Besuch bei Peter, wohlgemerkt, alles andere bleibt wie es ist. Danach könnt ihr entscheiden, wie ihr die Wohnung nutzen wollt."

Herr Torleit hielt sich zurück, kein schadenfrohes Lächeln, in Peters Miene war nichts zu lesen.

XXXVIII

Und Stefan? Susanne hatte ihm eine Mail geschickt mit der Ankündigung ihrer Heirat und im Anhang eine Zusammenfassung des Adoptionsrechts unter besonderer Berücksichtigung seines Falls, von Peters Anwälten ausgearbeitet.

Es ist also doch dieser Typ, dachte Stefan.

Im Laufe der Zeit gestand er sich ein, dass er das Verhältnis zu Susanne gründlich verbockt, seinen Rauswurf verdient hatte. Wie leichtfertig, egoistisch war er mit ihr umgegangen. Er hatte sie gleich mehrmals im Stich gelassen, wie musste sie sich damals gefühlt haben während den Schwangerschaften, nach den Geburten. Seine Versuche, sie zurückzuerobern, seine Bemühungen um eine Versöhnung, halbherzig wie sie waren, kamen ihm heute kläglich vor. Zu überzeugt von sich selbst, hatte er nicht bemerkt, wie selbständig, unabhängig Susanne geworden war.

Er überhäufte sich mit Arbeit, machte Karriere, fand neue Freunde für seine Touren.

Die spärlichen Mails Susannes stürzten ihn jedes Mal in ein tiefes Loch. Fast immer druckte er die Kinderbilder aus, fuhr mit dem Daumen über ihre Gesichter, sehr gelungene Exemplare, seine Söhne.

Vielleicht waren diese Nachrichten, ohne dass es ihm bewusst geworden wäre, der Grund, warum es nie zu einer neuen ernsthaften Beziehung reichte. Vielleicht gab es jetzt eine Chance, nachdem er nun endgültig frei war von jeder Verantwortung für Susanne und die Kinder.

Schließlich beschloss er, demnächst nach Deutschland zu fliegen, seinerseits einen Anwalt zu konsultieren, sich nach einer Art Besuchsrecht zu erkundigen oder wenigstens durchzusetzen, dass die Kinder irgendwann erfahren, wer ihr leiblicher Vater war. Besser wäre es, direkt mit Susanne zu sprechen, aber dazu hatte er nicht den Mut.

Stefan kramte ein altes Bild Susannes aus glücklichen Tagen heraus, betrachtete es wehmütig.

Aus, vorbei, seine Schuld.

Nach dem letzten, missglückten Besuch in München hörte der Kontakt mit Carolin ziemlich bald auf. Seinen Eltern und Schwestern antwortete er auf ihre Fragen stets ausweichend, einsilbig, Susanne und den Kindern gehe es gut.

Resigniert legte er das Bild wieder zurück. Er würde dem Familienglück nicht im Wege stehen, die Heirat Susannes, die Adoption waren sicher die beste Lösung für die Kinder.

Stefan überwand sich und wünschte Susanne aufrichtig Glück, sie hatte es verdient.

XXXIX

Endlich, der Tag der Hochzeit. Die standesamtliche Trauung war um 11 Uhr festgesetzt, die kirchliche um 13 Uhr. Peter kam eine Stunde vorher.

Susanne hatte sich in ihr Zimmer verkrochen, Peter klopfte, das Kleid trug sie schon, die Frisur war perfekt, die Schuhe, das Jäckchen, die Tasche lagen bereit.

Peter betrachtete sie voller Freude, stellte sie vor den Spiegel, „etwas fehlt noch", sagte er, runzelte die Stirn.

„Peter, ich bin schon so nervös, komm jetzt nicht mit Verbesserungsvorschlägen und kein Küsschen, die Schminke."

„Doch", beharrte er, „es fehlt etwas."

Genervt fuhr Susanne herum, „besser du gehst wieder raus."

Er dreht sie vorsichtig um, „mach die Augen zu und erst wieder auf, wenn ich es sage."

Er ließ eine Hand in ihrem Nacken, „nicht blinzeln."

Susanne atmete tief ein, was noch?

Er holte eine Kette mit kleinen Brillanten aus seiner Tasche, legte sie um ihren Hals.

„Die Augen bleiben zu", forderte er erneut.

Peter war sehr zufrieden mit dem, was er sah, so

hatte er es sich vorgestellt, die Kette passte perfekt zu Susanne, zart, feingliedrig.

„Augen auf!"

Susanne konnte nichts mehr sagen, schluckte, kämpfte mit den Tränen, nur jetzt nicht, das Augen-Makeup war in Gefahr.

„Sie ist wunderschön", flüsterte sie, „Peter, womit habe ich das verdient?"

Er half ihr in die Jacke, sie schlüpfte in die Schuhe, nahm die kleine Tasche.

Peters Vater fuhr sie zum Standesamt, nur die Eltern, Susannes Mutter und die Trauzeugen Philipp und Lili nahmen an der Zeremonie teil.

Anschließend fuhren sie in Peters Wohnung zu einer kurzen Erfrischung und standen pünktlich in der Sakristei der kleinen Bogenhauser Kirche.

Die Trauung war fröhlich, voller Musik, eine Auswahl des Schulchores und des Schulorchesters jeweils verstärkt mit Profis, die Ulli, der Musiklehrer, kannte.

Der katholische Pfarrer hielt eine bewegende Ansprache, der evangelische Pfarrer assistierte.

Sascha und Thommy sollten beim Hinausgehen Blumen streuen, Sascha warf mit beiden Händen alle auf einmal auf den Gang, Thommy ließ vorsichtig eine Blüte nach der anderen fallen. Am Ende in der letzten Reihe stand Marc, ein fast unmerkliches Lächeln, Peter schaute ihn an, strahlend, ging langsam weiter, Susanne an seiner Seite. Marc hob leicht die Hand, winkte, Peter nickte ihm zu. Vor der Kirche standen die Verbindungsstudenten Spalier.

Peter und Susanne hatten gebeten, keinerlei alberne Scherze machen zu müssen. Sie fuhren auf die andere Seite des Englischen Gartens, in das Verbindungshaus.

Ein üppiges Kaffee-Kuchen-Häppchen-Buffet wartete in dem hübsch geschmückten Saal, den Susanne schon von dem fatalen Ball her kannte.

Die Kollegen hatten sich einen lustigen Sketch ausgedacht, Ulli spielte einige Stückchen auf dem Klavier, die Schüler brachten ein Ständchen.

Peter und Susanne gingen zusammen von einem zum anderen, wandten sich nach allen Seiten.

Marc war auch gekommen, umarmte Susanne, drückte Peter fest die Hand, sagte leise, „du hast alles richtig gemacht", ein Abklatschen wie früher, verschwand wieder.

Sascha war müde, wollte unbedingt auf den Arm von Peter, Susanne hielt Thommy an der Hand. Peter blieb vor Uschi stehen.

„Wem gehört denn dieser süße Knopf", fragte sie lächelnd.

„Das ist mein Sohn Sascha", antwortete Peter, „knapp zwei Jahre alt."

„Das hättest du wohl gerne", Uschi lachte laut auf.

„Und siehst du dort den kleinen Mann an Susannes Hand? Das ist unser Sohn Thommy, knapp drei Jahre alt."

Peter betrachtete Uschi spitzbübisch. „Mach den Mund wieder zu", sagte er, „das steht dir nicht so gut. Wir müssen jetzt die Hochzeitstorte anschneiden, komm mit, dann bekommst du das erste Stück."
Uschi kam nicht mit, sondern setzte sich, fauchte Philipp an, „du hast das gewusst?"
„Ja, natürlich, das gehörte auch zu meiner ärztlichen Schweigepflicht."
Peter und Susanne fuhren erneut zu Peters Wohnung, wechselten ihr Festtagsgewand, er hatte gegen den Willen Susannes auf einem neuen Kleid bestanden, um schließlich in Freddies Grünwälder Restaurant das Abendessen einzunehmen. Der nächste Tag gehörte ihnen allein, erst am Montag wollten sie mit den Kindern zu Susannes Bauernhof aufbrechen, in ihre „Flitterwoche".

Das Essen war ausgezeichnet, Freddie übertraf sich selbst, überwachte persönlich den Service. Peters Vater hielt eine kleine Rede, hauptsächlich darüber, wie sehr seine Frau und er sich freuten, Philipp wünschte im Namen aller Anwesenden viel Glück und ein langes gemeinsames Leben, Peter musste antworten.

Marc war auch gekommen. Er hatte lange mit sich gekämpft, aber am Ende hatte die alte Verbundenheit mit Peter gesiegt, vielleicht schaffte er es sogar, sich in die junge Familie des Freundes einzubringen.

Als schließlich alle einen ordentlichen Brautkuss

sehen wollten, beugte sich Peter zu Susanne, ich liebe sie, dachte er glücklich, und Susanne dachte, nun wird alles gut.